PRÉCIS

DES

APPARITIONS DE LA SAINTE-VIERGE

A GEORGES CARLOD

PRÉCIS

DES

APPARITIONS DE LA SAINTE-VIERGE

A GEORGES CARLOD

SUR LA MONTAGNE DE DIEZ EN BUGEY

DIOCÈSE DE BELLEY

Par un Pèlerin

~~~~~~~~

PREMIÈRE PARTIE

COMPRENANT

**Les Apparitions arrivées du 18 mai 1871
au 25 mars 1874.**

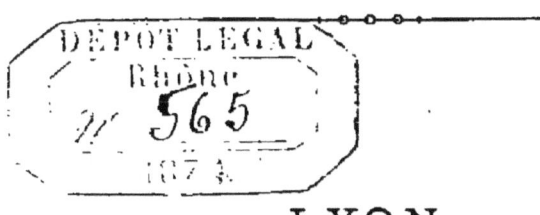
LYON

L. GAUTHIER, LIBRAIRE

3, Rue Grenette, 3

—

1874

PRÉCIS

DES

APPARITIONS DE LA SAINTE-VIERGE

A GEORGES CARLOD

La paroisse de Veyziat, sur le territoire de laquelle ont lieu, depuis 1871, de si nombreuses apparitions de la Sainte-Vierge, est située à environ huit kilomètres de la petite ville d'Oyonnax, chef-lieu de canton du département de l'Ain ; elle se trouve ainsi à peu de distance de la frontière suisse, et non loin des villes épiscopales de Belley, de Saint-Claude, d'Annecy et de Genève. Pour se rendre de Veyziat à la montagne bénie, on prend le chemin de l'humble hameau de Chatonnax, distant seulement de quelques kilomètres, et l'on se trouve au pied de la côte qu'il reste à gravir. Dans cette pauvre annexe habite Georges Carlod, le privilégié de Marie. Ici comme à la Salette, à Lourdes, à Pont-Main, la Mère de Dieu a choisi son héraut parmi les pauvres et les simples, sinon parmi les petits enfants : Georges est, en effet, un bon vieillard de plus de soixante-dix ans, chrétien des anciens jours, plein de foi, d'une probité à toute épreuve, d'une bonté et d'une candeur patriarchales. Garde-forestier de l'endroit pendant plus de quarante ans, il a pris sa retraite en 1872, au grand regret des habitants. Veuf aujourd'hui, Georges continue de partager sa demeure avec une de ses sœurs, septuagénaire comme lui, et qui est dans un état de souffrance presque continuel. Sa maison avoisine le versant de la montagne de Diez. C'est sur le plateau de cette montagne, au milieu d'un bois, qu'ont lieu les apparitions dont nous allons, sans autre préambule, retracer le souvenir, d'après des notes revues par le Voyant lui-même.

Mais avant tout, l'auteur de ces lignes tient à protester de son entière soumission à l'autorité de la sainte Église, au jugement de laquelle il s'en remet pleinement pour tout ce que ces faits peuvent présenter de surnaturel et de divin.

I.

Le jeudi, 18 mai 1871, jour de la fête de l'Ascension, Georges Carlod s'était rendu, de très bonne heure, dans les bois de Diez pour y faire sa tournée. Arrivé à l'endroit appelé la Fosse, il constata de récents dégâts causés par des bergers et le passage de leurs troupeaux. A cette vue, il ne put s'empêcher d'éclater tout haut en plaintes: « Est-il possible », s'écria-t-il quoique seul, « qu'en ce moment où nous avons encore l'ennemi sur notre territoire, on se conduise de cette manière! » — « *Mon ami, il ne faut pas vous fâcher* », lui répondit à l'instant une voix mystérieuse.

Georges se retourna, à ces mots inattendus, et se trouva en face d'une belle Dame, tout éblouissante de splendeur. Avant qu'il eût pris le temps de réfléchir : « Madame, » lui répondit-il, « je ne me fâche pas ; mais il faut bien que je fasse mon devoir, afin de ne pas avoir des reproches de mes chefs; et cependant je ne voudrais pas faire de la peine aux gens. »

« *Oui, mon ami,* » reprit la belle Dame, « *il faut bien remplir son devoir; il faut* « *adorer Dieu, le prier beaucoup. Quant aux* « *Prussiens, cela devait arriver.* » Puis elle ajouta : « *Qu'avant cinq ans il arriverait de* « *grandes choses; qu'il fallait prier et beau-* « *coup prier.* » Elle parla ainsi environ cinq minutes, quand Georges fut frappé d'une grande clarté, venue du côté de l'Orient et plus splendide encore que celle qui environnait la belle Dame :

« *Que regardez-vous?* » lui dit-elle; « *c'est* « *Jésus, mon Fils, qui monte au ciel.* » Et bientôt après ces mots, la vision disparut.

Dans cette première apparition de la Très-Sainte Vierge, car elle venait de se faire clairement connaître à Georges Carlod, la robe que portait Marie, était rose et toute brillante, parsemée d'étoiles; elle avait sur la tête un voile et une magnifique couronne; de la main droite, elle tenait un chapelet, et de la gauche, un scapulaire. Il était alors environ neuf heures.

Georges descendit aussitôt de la montagne, pour se rendre à Veyziat, à la grand'messe, qui se disait à dix heures; elle n'était pas encore commencée. Il resta quelque temps sans parler à personne de ce qui venait de lui arriver, ne sachant qu'en penser lui-même; mais il en était fort préoccupé, car sa femme et sa sœur lui trouvèrent un air méditatif qui ne lui était pas habituel et dont elles cherchèrent vainement à connaître la cause; elles se demandèrent s'il n'aurait pas eu peut-être quelque difficulté avec ses chefs. Ce n'est que dans le courant du mois de juillet suivant qu'il se hasarda à dire quelques mots de l'apparition à un petit nombre de personnes, et ensuite à M. le Curé de Veyziat, dans une rencontre avec ce dernier; il lui raconta, en toute confiance, l'événement tel qu'il s'était passé. Ce vénérable prêtre, qui n'est plus aujourd'hui de ce monde, ne péchait pas par excès de crédulité ; aussi, en rentrant au presbytère, après cette ouverture de Georges Carlod, il dit que celui-ci avait perdu la raison : « Ah ! qu'allons nous faire de ces trois pauvres vieillards ! » s'écria-t-il, en parlant du garde-forestier, de sa femme et de sa sœur.

II.

Le mardi, 15 août suivant, fête de l'Assomption, Georges Carlod, attiré, sans doute, par un secret pressentiment, s'était rendu de bonne heure sur la montagne de Diez. La Sainte Vierge lui apparut, en effet, de nouveau, au même lieu et à la même heure que la première fois. « Elle lui dit que dans cet endroit même « où elle lui apparaissait ainsi, il y avait deux « cent dix ans, qu'une jeune fille de quatorze « ans, du nom de Marie-Virginie Robin, avait « été massacrée, et son corps coupé en huit « morceaux dispersés ensuite dans la forêt. » — On nous assure, à ce sujet, que des recherches ont été faites depuis, et qu'il a été constaté, pour le temps désigné, dans les archives de Dortan, qu'une nommée Marie-Virginie Robin, âgée de quatorze ans, aurait disparu. La Sainte Vierge ajouta ensuite :

« *Levez-vous et suivez-moi.* » Georges la suivit à une centaine de pas, où elle s'arrêta et reprit, en ces mots :

« *Dites à votre pasteur de faire planter,*
« *ici, une croix avec son Christ.* » Dans cette
deuxième apparition, Marie recommanda de nouveau la prière: « *Il faut prier beaucoup et bien*
« *prier,* » dit-elle; puis, après avoir donné à
Georges Carlod l'assurance qu'il la reverrait plus
tard, elle disparut.

III.

Le vendredi, 8 septembre, jour de la Nativité
de la Sainte Vierge, Georges Carlod, pendant sa
tournée, s'était rendu au lieu de l'apparition, où
il vit la Mère de Dieu, pour la troisième fois.

« Il faut toujours beaucoup prier, lui dit-elle;
« il y a bien besoin de prière. La France a fait
« beaucoup *de meubles* qui n'ont rien servi;
« plus tard, elle retournera chercher ce qu'elle
« a donné, et même un peu plus; mais il faut
« prier. » Elle lui communiqua en même temps
un secret qu'il ne doit faire connaître que plus
tard.

IV.

Le vendredi, 8 décembre, jour de l'Immacu
lée-Conception, Georges Carlod se rendit au lieu
de l'apparition, malgré la neige et les mauvais
chemins. En y arrivant, il vit aussitôt la Sainte
Vierge. Elle portait le même costume que précédemment. Elle lui parla pendant quelques
minutes, « lui demandant, ainsi qu'à tous, de
« beaucoup prier, ajoutant qu'elle n'abandonne-
« rait pas la France, si on priait beaucoup. Elle
« ajouta que la croix aurait déjà dû être plantée
« et exprima le désir de voir s'élever, à l'endroit
« où elle apparaissait, un petit oratoire, mais
« simple et modeste. » Elle termina l'entretien
en disant au Voyant : « *Je vous reverrai encore*
« *plusieurs fois.* »

« En revenant chez moi, dit Georges dans une
lettre à une de ses sœurs, je n'éprouvais aucune
fatigue, malgré les mauvais chemins, et je ne
sais pas même bien comme je revins.... plus
tard, je pourrai te dire quelque chose de plus. »

V.

Le jeudi, 1er février 1872, plusieurs personnes voulurent accompagner Georges Carlod sur la montagne, dans l'intention de visiter le lieu de l'apparition. Nous ne savons au juste si le vieillard comptait voir la Sainte-Vierge, ce jour-là ; toujours est-il qu'il l'aperçut, en approchant de ces lieux bénis. Personne n'osait le suivre ; cependant il fit signe d'avancer, et tous ensemble se mirent à réciter le chapelet. Puis, on entendit Georges s'adresser à Marie, mais sans rien comprendre de ce qu'il dit.

Après l'apparition, le Voyant raconta que « la « Sainte-Vierge avait recommandé de beaucoup « prier ; qu'elle avait dit : « *La foi s'en va ! le* « *dimanche est profané !..... Il faut pratiquer* « *la charité ; c'est ce qu'il y a de mieux. Je* « *vous reverrai, nombre de fois.* » L'entretien se termina à ces mots.

VI

Le lendemain, 2 février, fête de la Purification, environ trois cents personnes se rendirent avec

Georges Carlod au lieu de l'apparition ; parmi elles, il s'en trouvait venues de Saint-Claude, de Morez et d'Oyonnax, dont plusieurs notabilités. Le Voyant, à genoux au milieu de la foule, s'était mis à prier avec les assistants, puis il dit tout-à-coup : « Voyez-vous cette belle Dame ! » Pendant qu'on récitait le Rosaire, il remarqua que la Sainte-Vierge tenait les mains jointes. Il lui présenta ensuite un chapelet à bénir : « *Demandez*, lui dit Marie, *les chapelets* « *des personnes ici présentes, et je les bénirai.* » Ce que Georges fit connaître à la foule, empressée de répondre à cette invitation. Il les rendit bientôt, puis levant les bras : « C'est fait, dit-il, elle s'en va. »

La Sainte-Vierge était vêtue, cette fois, d'une robe violette et portait une couronne toute brillante de lumière ; elle tenait, comme précédemment, un scapulaire d'une main et un chapelet, de l'autre. « *J'ai du plaisir,* » avait-elle encore dit à Georges, « *à voir que beaucoup de bons* « *chrétiens sont venus prier aujourd'hui.* »

Elle lui enjoignit aussi de recommander aux assistants de prier beaucoup et de faire l'au-

mône; elle s'était encore plainte de ce que le
monde négligeait la prière et profanait le saint
jour du dimanche, et de ce que l'on pratiquait
peu la charité, ajoutant « *que si le monde ne*
« *se convertissait pas, bien des malheurs*
« *viendraient assiéger la France.* »

Georges lui ayant dit que le monde était incrédule, que peu de personnes ajoutaient foi à ses
communications et qu'il serait nécessaire qu'elle
fît quelques miracles pour amener le monde à
croire, la bienheureuse Vierge répondit : « *qu'il y*
« *avait toujours eu des incrédules et qu'il y*
« *en aurait toujours ; que des miracles, elle*
« *en faisait tous les jours, mais que le monde*
« *ne les comprenait pas.* » Puis elle prit congé
du Voyant, en lui répétant qu'elle le reverrait
encore plusieurs fois.

VII.

Le jeudi, 14 mars suivant, nouvelle apparition
de Marie à Georges Carlod, cette fois tout seul,
sur la montagne, paraît-il. « *Vous vous êtes*
« *bien acquitté de votre mission,* » lui dit la
Sainte-Vierge, « *mais il y a peu de foi, on ne*

« veut pas croire. La France est dans une
« triste position, il n'y a presque plus de foi.
« Il y aura beaucoup de morts dans certaines
« contrées. Cependant il y a déjà des conver-
« sions. » Notre bonne Mère était triste, elle
semblait pleurer ; sa mise était de couleur sombre. Marie ne désigna pas quelles étaient ces
contrées, où il y aura beaucoup de morts. Elle
disparut sans dire à Georges qu'elle le reverrait.

VIII.

Le 25 mars, lundi de la Semaine-Sainte, une
foule considérable, évaluée à quatre cents personnes, dont plusieurs étaient venues de Lyon,
se trouva sur la montagne avec Georges Carlod.
Pendant qu'on priait, Marie daigna encore lui
apparaître. Elle lui répéta ce qu'elle lui avait dit
dans les apparitions précédentes : « Qu'il fallait
« beaucoup prier; qu'il fallait pratiquer la
« charité, et venir en aide aux pauvres; qu'il
« y avait déjà un certain nombre de conver-
« sions, mais surtout dans les villes. » Puis,
elle lui dit : « Que ceux qui ont des chapelets,
« les tiennent à la main, je vais les bénir. »

Durant cette apparition, Georges dit : « Quel-qu'un voit-il la Sainte-Vierge? je voudrais bien que quelqu'un la voie. » La très-Sainte-Vierge l'assura, en le quittant, qu'il la reverrait sous peu.

IX.

Le 30 mars suivant, qui était le jour du Same-di-Saint, quelques personnes, notamment de Lyon, qui ne pouvaient prolonger leur séjour dans la paroisse de Veyziat, jusqu'au lundi, 8 avril, où se trouvait transférée, cette année, la fête de l'Annonciation, s'étaient rendues de nou-veau sur la montagne, se disant entre elles : « Qui sait si la Sainte-Vierge n'apparaîtra pas? » Elles se mirent à réciter le chapelet, pendant que Georges se trouvait avec elles au lieu de l'ap-parition, et Marie vint, en effet, répondre à leur confiance. Elle n'était pas triste, comme le 14 et le 25 mars précédents. « Elle recommanda de « nouveau au Voyant la prière et particulière-« ment la prière pour la conversion des pé-« cheurs. » Puis, elle disparut en lui disant comme d'habitude : « Je vous reverrai encore « plusieurs fois. »

X.

Le lundi, après le dimanche de Quasimodo, où se solemnisait l'Annonciation, environ trois cents pèlerins, dont plusieurs venus de loin, avaient fait l'ascension de la montagne. Cependant, cette fois la Sainte-Vierge n'apparut à Georges qu'à la dernière dizaine du huitième chapelet : « Mais elle m'a paru bien contente, « lisons-nous, dans une lettre de Georges; « notre Immaculée dans cette apparition m'a accordé une faveur comme jamais elle ne me l'avait accordée : Elle m'a désigné le jour où elle me reverra. « Elle m'a dit qu'elle appa-
« raîtrait le jour de l'Ascension, jour de l'anni-
« saire de la première apparition dans ce lieu;
« je pense pour cela qu'elle donnera quelque
« preuve de ses apparitions. »

« Lorsque la Sainte-Vierge apparut, écrit un témoin, Georges baisa la terre (ce qu'il fait toutes les fois qu'elle lui apparaît, ainsi qu'à son départ), et tout le monde a fait comme lui; mais personne n'a rien vu que Georges. Il pleuvait, et à ce moment les nuages ont disparu et la pluie a cessé. La très-Sainte-Vierge dit au Voyant : « *Je* « *veux bénir cette multitude de personnes ainsi* « *que les objets qu'elles me présenteront.* » « Elle me parlait d'un air si doux, nous dit-il, et paraissait contente. » Elle était habillée de gris-argent. Elle lui dit qu'il se faisait bien des conversions, mais dans les villes plus que dans les campagnes. »

Une personne malade qui avait écrit à Georges de vouloir bien la recommander à la Sainte-Vierge, reçut de lui cette réponse : « Madame j'ai présenté votre requête à la Sainte-Vierge, et elle a répondu: « *Tout le monde porte sa croix,* « *mon Fils a porté la sienne.* » Je ne puis donc, que vous encourager à la patience, et vous promettre que, le jour de l'Ascension, je renouvellerai votre demande. » Celte réponse de Marie sembla dure à la pauvre malade; mais quelle leçon ! cependant cette même personne fut, après bien des prières, enfin exaucée. Il paraît que Georges l'avait déjà précédemment recommandée à la Sainte-Vierge qui, une première fois, ne répondit que par un signe de tête négatif; mais sa troisième demande avait été pleinement exaucée.

XI.

Le bruit qu'une apparition de la Sainte-Vierge sur la montagne de Diez avait été annoncée, pour le jour de l'Ascension, s'était bientôt répandu dans la contrée et les diocèses voisins ; aussi, dès la veille du 9 mai, vit-on accourir de toutes parts comme une nouvelle population, dans ce pays retiré et hier encore inconnu. Ceux qui ne pouvaient faire le chemin à pied, avaient peine de trouver voiture et logement. Dès le mercredi des Rogations, plusieurs nouveaux venus voulurent visiter la montagne et prier au lieu de l'apparition ; on était empressé de voir Georges Carlod, de l'interroger, pour l'entendre raconter lui-même tant de choses merveilleuses et que l'on savait si imparfaitement. « Au nombre de seize personnes, » écrit l'une d'elles, « on alla le quérir par le bois où il était occupé ; puis on se mit à prier le chapelet, quand tout-à-coup Georges, baisant la terre, signala la présence de la Reine des Cieux. Alors quelques personnes furent tellement saisies d'émotion que, prosternées à terre, elles pleuraient tout haut; et Georges, se retournant, leur dit, jusqu'à trois fois: « Mesdames, ne pleurez pas. » Une enfant de Marie, congréganiste de Lyon, montrait sa médaille et s'écriait : « Voyez, ma bonne Mère, c'est au nom de toutes mes compagnes! » — « J'aurais voulu, » racontait plus tard une autre, « creuser la terre, jusque sous les pieds de la Sainte-Vierge, afin qu'ils reposassent sur ma tête. »

Dans cette apparition, la Sainte-Vierge dit à Georges : « *J'aime la ville de Lyon, où il y a* « *déjà un certain nombre de conversions; je* « *la protégerai toujours. J'ai sauvé la France* « *deux fois; je la sauverai encore une troi-* « *sième fois; mais il ne faut pas abuser des* « *grâces que mon Fils est disposé à répandre;* « *car il les enverrait bien loin.* »

XII.

Peu de jours auparavant, le 3 mai, fête de l'Invention de la Sainte-Croix, avait déjà eu lieu une autre apparition, aussi imprévue que celle-ci. Quelques personnes seulement en furent témoins,

notamment une personne très-respectable qui
était venue là en touriste, dans l'intention d'explorer le lieu où s'était montrée la Sainte-Vierge,
Georges s'y était rendu lui-même. Bientôt après
qu'on se fût mis à prier, le Voyant, la main étendue, dit à ce curieux placé à côté de lui : « Monsieur, vous ne la voyez pas? Elle est là! Ah!
que je voudrais qu'on la voie! » fit-il, en soupirant, et il y avait des larmes dans ses yeux.
« Georges voit, » disait ce témoin. « Que voit-il?
je n'en sais rien, mais je ne doute point de sa
sincérité. » Il s'entretint ensuite avec Georges
qui se plaignit de ce qu'on ne faisait pas ce qu'il
disait : « Que la Sainte-Vierge avait demandé
« une croix avec un Christ, et qu'elle n'était
« point contente de l'indifférence avec laquelle
« on accueillait ses faveurs. Il avoua aussi qu'il
« ne pouvait encore divulguer certaines commu-
« nications qu'elle lui avait faites. » Son interlo-
cuteur lui demanda s'il était bien sûr que la
Sainte-Vierge apparaîtrait pour la fête de l'Ascension plutôt qu'au jour anniversaire de la première apparition, c'est-à-dire le 18 mai. Georges
demeura interdit à cette question ; c'est qu'en

effet l'un ou l'autre jour pouvait s'entendre de la promesse de la Sainte-Vierge.

XIII.

Cependant, le jour de l'Ascension venu, la petite église de Veyziat se trouva trop étroite, tant était grand le nombre d'étrangers qui se pressaient dans sa modeste enceinte. Aussitôt après la grand'messe, suivie immédiatement des vêpres à cause de la circonstance, tous se précipitèrent à la suite de Georges vers la montagne de Diez. Il pleuvait, et néanmoins on distinguait, dans toutes les directions, des groupes d'hommes, de femmes et d'enfants qui arrivaient des pays circonvoisins pour assister à l'apparition, annoncée pour ce jour. On a évalué qu'une foule de deux à trois mille personnes se trouva ainsi réunie sur la montagne ; mais il s'en fallait de beaucoup que tous apportassent les dispositions convenables à ce pèlerinage ; car, au lieu de se préparer par le recueillement et la prière à la visite de la Reine des Cieux, le plus grand nombre se répandaient en railleries, en menaces, ou en commentaires malveillants contre le Voyant et ses prétendues apparitions. Il ne disait que trop vrai, le pieux vieillard, lorsqu'il se plaignait de l'incrédulité que rencontraient ses récits et les recommandations qui en étaient la suite. Ses paroles et ses étonnants récits avaient même produit dans certaines localités une assez grande irritation, principalement dans les centres manufacturiers où une grande partie de la population, composée d'étrangers, est imbue de préjugés et ne connaît guère les dogmes et les pratiques religieuses que pour les tourner en dérision. A quels excès ne pouvait donc pas s'attendre, une fois en leur présence, celui qui osait parler ainsi de manifestations surnaturelles ! Du reste, la mauvaise presse du pays avait elle-même affecté d'annoncer ce pèlerinage du jour de l'Ascension ; ce n'était évidemment pas dans un but d'édification. Aussi, cette multitude de malintentionnés, dont plusieurs étaient montés sur les arbres de la forêt, et les autres s'étaient mêlés à la foule des pèlerins, au lieu de prier, ne faisaient que crier, jurer et blasphémer, à la grande douleur des vrais serviteurs de Marie; et il était bien à craindre que l'auguste Mère de Dieu n'apparût point au milieu d'un tel scandale.

Mais voilà que Georges, qui s'était mis en prière, malgré tout ce tumulte, annonce la venue de la Vierge Immaculée. A ce moment la pluie s'arrête, le ciel s'éclaircit, et le soleil qui n'avait pas encore paru de la journée, répand à la fois lumière et chaleur dans l'atmosphère, juste le temps que dura l'apparition. En même temps, le tumulte avait cessé et l'on n'entendit plus que quelques voix achevant le *Regina Cœli.* Chose étonnante, on remarqua que le vent et la pluie, qui avaient régné jusque là, étaient restés sans action sur les cierges allumés des pèlerins. La foule était si compacte que l'on fut obligé de se tenir debout pendant l'apparition, de courte durée d'ailleurs.

La Sainte-Vierge ne donna pas de bénédiction. « *Pas aujourd'hui,* » dit-elle à Georges, « *car* « *il y a ici des gens qui ne me plaisent pas.* »

Lorsque le Voyant eut annoncé le départ de Marie, le tumulte recommença plus fort qu'auparavant. C'était un pêle-mêle de ricanements, de huées, d'imprécations et de menaces indescriptibles, une vraie scène de la Passion. On criait : « Enlevez-le ! faites-le disparaître ! » La foule se ruait en vociférant contre le Voyant ; celui-ci, d'un calme étonnant, se contentait de répondre aux pèlerins qui le pressaient de se retirer : « Je n'ai rien à craindre ; ils ne me feront rien ; ils ne peuvent rien me faire. » Peut-être avait-il reçu cette assurance de la Sainte-Vierge elle-même, qui l'aurait prévenu de tout ce qui devait arriver ce jour-là. Ses proches et ses amis, moins confiants que lui, l'entourèrent afin de le protéger de leurs bras vigoureux contre la multitude des mécréants. Ceux-ci, paraît-il, voulaient en venir aux dernières extrémités ; plusieurs personnes affirmaient, en effet, avoir vu des individus munis d'armes et d'autres portant du pétrole, pour le verser sur le Voyant et aussi, dit-on, sur ceux qui croyaient à l'Apparition.

« Toute l'Internationale d'Oyonnax, » raconte un témoin, « s'était, dit-on, donné rendez-vous sur la montagne et l'on ne parlait de rien moins que de pendre, de fusiller, de brûler cette canaille, ce sorcier, comme ils appelaient Georges, l'accusant de jeter le trouble dans les esprits, de soulever le peuple et d'achever de ruiner ce qui restait de religion. » Tandis que les fidèles se précipitaient pour recueillir l'herbe et les fleurs offertes à la Sainte Vierge, ces forcenés cherchaient à fouler ces mêmes fleurs aux pieds avec rage. Une petite statue de Marie, exposée sur le lieu de l'apparition à la vénération des pèlerins, fut enlevée et passa, en un clin-d'œil, par nombre de mains hostiles, pendant que des voix criaient : « Casse-la, emporte-la. » Elle fut relevée intacte, tout près de là, le samedi suivant. « J'ai vu ce pauvre veillard, dit le même témoin, demeurer calme et souriant au milieu de cette tempête, répondant avec bonté, et ne semblant pas s'apercevoir de tout ce mouvement. »

Cette triste scène ne dura d'ailleurs pas longtemps ; après l'apparition, la pluie recommença de tomber avec tant d'intensité que la foule se dispersa aussitôt. Beaucoup avaient pensé s'établir sur la montagne pour y passer joyeusement le reste du jour, mais le ciel ne permit pas que ce lieu béni fût plus longtemps profané. Chacun dut reprendre au plus vite le chemin du retour. Cependant la nouvelle de ces désordres était

bientôt parvenue dans la demeure de Georges.
Sa femme et sa sœur pleuraient, mais les pèlerins les rassurèrent, et Georges ne tarda pas à
rentrer lui-même chez lui, aussi tranquille que
si rien de désagréable ne s'était passé.

Le fait le plus surprenant de cette journée ne
serait-il pas l'attitude même du Voyant, si calme
et en même temps si heureusement préservé au
milieu de tant de dangers qui le menaçaient?
Aussi, lorsque l'on raconta au vénérable curé de
la paroisse, M. l'abbé Humbert, ces lamentables
scènes de la montagne, il s'écria: « On s'atten-
tendait à un miracle pour ce jour de l'Ascension;
le miracle, le voilà : c'est celui de Daniel dans la
fosse aux lions. » Il ne pouvait mieux dépeindre
le Voyant demeuré sain et sauf au milieu de cette
foule acharnée à sa perte.

Remarquons, en passant, que M. le Curé de
Veyziat n'avait pas tardé à revenir de son erreur
sur Georges. Plusieurs guérisons obtenues par
l'usage de l'herbe recueillie sur la montagne,
avaient ébranlé son incrédulité; les scènes du jour
de l'Ascension achevèrent de le convaincre et
d'en faire un croyant dévoué.

Du reste, ce jour-là même, une nouvelle guérison venait d'avoir lieu à Chêne, village situé sur la frontière suisse. Une pauvre femme, atteinte d'un cancer, devait être opérée, ce même jour, par plusieurs médecins; sa fille, qui était en service, avait accompagné sa maîtresse au pèlerinage de la montagne de Diez. Cette dame l'avait invitée à bien prier la Sainte-Vierge, pour sa mère qui allait être opérée : et voilà qu'à leur retour à Chêne, elles rencontrent le mari de la malade, comme il venait à leur devant, pour leur annoncer que sa femme venait de se trouver radicalement guérie et n'avait plus besoin d'opération. On remarqua que ce fait prodigieux avait eu lieu à l'heure où la fille de la malade priait pour sa mère sur la montagne de Diez.

XIV.

Écoutons, au sujet de l'apparition qui eut lieu, le samedi 11 mai, le récit d'une personne venue en pèlerinage de Lyon. « Le jour de l'Ascension, écrit-elle, le but de mon voyage avait été dérouté de toute façon ; j'avais apporté une valise rem-

plie d'objets de piété et, par malentendu, nous
ne l'avions pas même montée avec nous ; d'ailleurs on ne sut pas s'il y avait eu une bénédiction, et plus d'un voyageur dut retourner ses pro-
visions de chapelets, médailles, etc., sans ce pri-
vilége ; d'autre part je n'avais pu aborder Georges,
et chassée par la pluie, j'avais dû suivre le courant, afin de ne pas perdre de vue les personnes
avec lesquelles je me trouvais.

« Je n'étais donc pas contente ; aussi le dessein de prolonger mon séjour en ces parages et
de tenter fortune, le samedi suivant, germa-t-il
dans mon cœur ; j'y avais comme l'espérance
d'une nouvelle apparition, et cette espérance ne
fut point déçue. Nous partimes, M... et moi, le
samedi vers neuf heures ; arrivés à Chatonnax,
nous visitions la pauvre maison de Georges, où
l'on retrouve comme un parfum de Bethléem ;
tout y est si étroit, si pauvre et si simple ; nous
vîmes cette malade (la femme de Georges) qui
ne se plaint jamais, qui ne demande ni de guérir
ni de mourir, qui sourit à tout, mais n'accepte
rien d'aucun étranger ; on a tenté de plusieurs

manières cette pauvreté extrême, par lettres, par surprises; tout a été rendu aux donateurs.

« Il y avait là deux ou trois femmes qui causaient du jeudi; l'une d'elles s'offrit à nous guider jusqu'au lieu de l'apparition; car il faut à peu près une heure pour gravir la montagne dont la montée est assez rapide dans certains endroits. Arrivé presque au sommet, on se trouve à l'entrée d'un agréable vallon appelé Longeval, que l'on traverse, et l'on se trouve au pied d'une nouvelle montée, toute boisée, de quelques minutes seulement de marche et en haut de laquelle se trouve le bois appelé Bois de Diez, où ont lieu les Apparitions, dans une espèce de petite tombe appelée la Fosse. Nous avions fait la rencontre d'une quatrième visiteuse, bonne femme du pays; elle rapportait une modeste croix de sa confection, pour remplacer celle que l'on avait renversée et piétinée, le jour de l'Ascension. Arrivée au lieu de l'apparition, elle redressa le petit bosquet artificiel, formé de branches de buis et de sapin rapportées du bois; elle releva aussi la petite madone qui gisait encore sur le sol, parmi les guirlandes et les fleurs en débris.

« La pluie commençait à tomber; notre guide
était allée à la recherche de Georges, occupé aux
coupes dans le bois (il a donné sa démission de
garde-forestier), tandis que nous récitions le chapelet des mystères joyeux; peu de moments après,
Georges arriva suivi de quelques-uns de ceux
qui travaillaient avec lui; il se fit un peu prier,
disant qu'il ne savait pas, si la Sainte-Vierge
viendrait; qu'il ne pouvait pas lui commander
de venir, que nous porterions bénir nos objets à
Fourvières, que ce serait la même chose; cependant l'on se mit à genoux. Cette compagnie qui
suivait le Voyant, nous troubla d'abord au souvenir de ce qu'avait eu lieu, le jour de l'Ascension; mais ces hommes se mirent bravement à
prier comme nous; à la fin du chapelet des mystères douloureux, et quelques invocations, au
moment où l'on allait douter, Georges baisa la
terre et nous signala ainsi la présence de la Bonne
Mère : « La voyez-vous? » dit-il; « Elle est là »
(entre lui et moi); mais je ne vis ni ne sentis
rien; je m'inclinais et j'offris à Marie l'hommage
de ma foi; mais afin que j'eusse un témoignage
de la bénédiction particulière pour les objets

pieux que j'avais apportés, le Voyant, au milieu
d'une prière, comme jamais je n'avais vu prier,
me fit signe de prendre mon sac déposé ouvert
entre les branches du bosquet, et de le tenir à la
main ; et après un temps comparé à celui que le
prêtre met à indulgencier, les chapelets, un signe
de croix remarquable tracé sur lui-même par le
Voyant me représenta la main de Marie formant
sur nous ce signe de bénédiction. « Puis il signala le départ : « Voyez, elle s'en va, » et nous
récitâmes le *Gloria* et un *Ave Maria.*

« Il nous dit ensuite que Marie était fort brillante, qu'Elle nous avait tous regardés et avait
souri ; mais ajouta-t-il, je l'ai vue, une autre fois,
bien sombre. »

XV.

Le 18 mai, veille de la Pentecôte, était l'anniversaire, par ordre de date, de la première apparition.
Comme la Sainte Vierge avait annoncé qu'elle
apparaîtrait encore ce jour-là, un assez grand
nombre de personnes, dont plusieurs venues de
Lyon, s'étaient rendues avec Georges sur la
montagne ; il y avait près de deux cents pèlerins.

Il pleuvait. On se mit en prière ; on dit le chapelet, ensuite les litanies de la Sainte Vierge.
A peine ces dernières étaient-elles commencées
que Georges signale l'apparition : « je me trouvais à ses côtés, » écrit un témoin ; « il présenta
à la Sainte Vierge les différentes suppliques. Je
l'entendais parler, mais sa voix n'arrivait à mes
oreilles que comme un mélange confus de syl-
labes incompréhensibles, une sorte de bruit
sourd, formé par la langue frappant contre le
palais. Malgré que je l'eusse bien entendu, je ne
savais que penser de ce phénomène si étrange,
que j'aurais douté de moi-même, si le témoignage
de plusieurs personnes, ayant entendu Georges,
soit dans cette apparition, soit dans les précédentes, n'était venu confirmer mes observations.
« Comment se fait-il que vous ne comprenez pas
ce que je dis, » me demandait Georges à ce sujet ;
« quand je parle à la Sainte Vierge, je parle
aussi haut et aussi distinctement que lorsque je
vous parle. » Depuis, je l'ai encore entendu à
d'autres apparitions ; ce n'était plus la même
chose : je n'entendais que quelques mots que je

comprenais fort bien, mais qui étaient comme prononcés à intervalle les uns des autres.

Au milieu de l'apparition le Voyant s'écria : « Si quelqu'un voit la Sainte Vierge qu'il le dise ? » et un moment après, reprenant la parole, il disait avec une voix tremblante d'émotion : « la Reine des Cieux est au milieu de nous et vous ne la voyez pas ! Ah ! je voudrais que tout le monde la voie !... » et j'entendis la voix de ce vénérable vieillard, comme suffoquée dans sa poitrine, par le sentiment de la présence de Marie au milieu de nous. Véritablement en entendant cette voix émue, on ne pouvait douter de la réalité de sa vision. A la fin il nous dit : « Elle nous quitte, elle nous dit adieu ! » et il répéta de nouveau : « Vous ne la voyez pas ! Ah ! je voudrais que tout le monde la voie ! »

Alors il se leva et nous dit que, comme toujours, « la Sainte-Vierge avait recommandé la « prière ; de prier beaucoup et de pratiquer la « charité ; » et il ajouta : « On a demandé un « miracle, le miracle sera qu'au lieu de faire « sourdre des fontaines comme à la Salette et à « Lourdes, ce sera l'herbe de la montagne qui

« aura la même vertu et le même pouvoir que
« l'eau de ces sources. ». Et il fit un mouvement
avec son bras pour désigner tout le plateau de
la montagne.

On lui demanda comment la Sainte Vierge
était habillée, il répondit qu'elle était vêtue d'une
robe violette, comme aux dernières apparitions,
mais qu'elle a toujours un grand voile blanc et,
par dessus, une couronne, couleur d'or, magnifique ; cette couronne est si belle que Georges ne
trouve pas d'expression pour en exprimer la
beauté.

XVI.

Il y eut encore une apparition, le jeudi
30 mai, qui se trouvait être le jour tombant de
la fête Dieu. « La Sainte-Vierge dit au Voyant
« que l'on négligeait d'observer les commande-
« ments de Dieu et de l'Eglise, ainsi que la
« prière ; que l'orgueil allait en augmentant de
« plus en plus ; puis elle lui dit qu'il la reverrait
« encore plusieurs fois, mais qu'elle apparaîtrait
« plus rarement. » Au sujet de ces apparitions,
Georges disait un jour que lorsqu'il doit s'y

rendre, il éprouve en lui comme une force irré-
sistible qui l'oblige d'aller au lieu de l'apparition.

XVII.

Une personne ayant appris de Georges qu'il
comptait sur une apparition pour le mardi
18 juin, plusieurs personnes firent le pèlerinage. La Très-Sainte Vierge dit entre autre, ce
jour-là, que « son Fils avait des grandes grâces
« à accorder au pays, mais que, puisqu'elle y
« était ainsi rebutée, il les enverrait ailleurs;
« Georges lui demanda de nouveau quelques mi-
« racles; elle répondit qu'elle en avait déjà fait
« et qu'elle en faisait toujours; que ceux qui se
« serviraient avec foi de l'herbe qui croissait sur
« cette montagne, obtiendraient de grandes
« grâces. Puis elle recommanda de bien prier, de
« sanctifier le Saint-Jour du Dimanche, etc. »
« *Vous me reverrez encore plusieurs fois* » a-
t-elle ajouté; « *ne vous inquiétez pas.* » Aussi
Georges ne se trouble de rien. Qu'on le ques-
tionne, qu'on le flatte ou qu'on le menace, il ne

s'émeut point et répond à tous avec la même sérénité.

XVIII et XIX.

Le 2 juillet, fête de la Visitation, ainsi que le 22, fête de Sainte Marie-Magdeleine, la Sainte Vierge apparût de nouveau sur la montagne.

Il y eu beaucoup de monde à cette seconde apparition. Après avoir longtemps prié, Georges baisa la terre, la Sainte Vierge venait de se montrer à lui, « il continua de prier à voix intelligible, » écrit un témoin ; « cependant, m'étant rapproché de lui, je compris qu'il disait : bonne Mère, ayez pitié de nous, ayez pitié des pauvres pécheurs. « Elle lui recommanda de prier beau- « coup pour les incrédules : que les péchés s'éle- « vaient jusqu'au trône de son Fils ; mais dans « toutes ces apparitions il y a bien des choses « que Georges ne dit pas. »

Dans celle du 2 juillet, Georges dit que : « la « Sainte-Vierge, après s'être plainte que les com- « mandements de Dieu n'étaient pas observés, « que le Saint-Jour du Dimanche était profané,

« avait parlé d'un crime qui monte jusqu'au
« trône de Dieu, tous les jours, et pour lequel
« Marie prie son Fils, afin qu'il ne le punisse
« pas. »

XX.

Nous trouverons plus loin, dans une lettre de
Georges Carlod, en date du 18 août, quelques
détails sur l'apparition du 16 juillet, fête du
Saint-Scapulaire. Pendant celle qui eut lieu le
27 juillet, on entendit Georges prononcer cinq ou
six mots latins que lui dit la Sainte Vierge,
mais sans que personne se les rappelât plus après
l'apparition. Comme on demandait alors au
Voyant ce que ces mots pouvaient signifier, il
répondit qu'il n'en comprenait pas le sens, qu'il
se les rappelait seulement et qu'il en demanderait
l'explication à la prochaine apparition, ce qui eut
lieu le 14 août suivant, comme on va le voir.

XXI et XXII.

« Le 14 août, veille de l'Assomption, » écrit un
pèlerin, « je m'étais rendu sur la montagne. En

route je rencontrai le Voyant qui me fit part que
le 2 août, dans une apparition, la Sainte Vierge
lui avait dit six mots latins : « Ils sont bien
terribles, » ajouta-t-il d'une voix bien émue,
« ce sont des menaces concernant certains cri-
« mes, et particulièrement les blasphémateurs ;
« qu'il ne pouvait les répéter, et qu'il devait
« demander le sens de deux de ces mots dans
« l'apparition qui allait avoir lieu. »

« Pendant cette apparition, je pus comprendre quelques mots de ce qu'il disait à la Sainte
Vierge : c'étaient des prières pour les pécheurs,
pour les malades, et pour les intentions des
personnes présentes. « Veuillez, disait-il, les recommander à votre divin Fils. »

« Sur la fin de l'apparition, il nous dit de
réciter le Chapelet. Voici pourquoi : on l'avait
prié de recommander à la Sainte Vierge une
jeune fille de Veyziat, âgée de quatorze à quinze
ans, blessée très-gravement à la jambe par une
vache. Deux médecins lui donnaient leurs soins,
et lui avaient fait une opération, afin de faire
sortir l'humeur que la plaie renfermait ; ils paraissaient avoir peu d'espoir pour la guérison de

cette pauvre enfant, que l'on ne pouvait toucher sans lui faire pousser de grands cris.

« Pendant l'apparition, sa mère lui proposa de prier en union avec les personnes qui étaient sur la montagne ; un moment après, elle lui dit qu'elle ne pouvait pas continuer, que cela la fatiguait trop ; alors, sa mère la laissa et alla dans la pièce voisine. Quelques instants après, elle entend sa fille chanter des cantiques ; elle pensa qu'elle délirait, et elle lui demanda pourquoi elle chantait : « Je suis bien contente, » répondit-elle, « je ne souffre plus ! » C'était au moment où l'on avait prié pour elle sur la montagne qu'elle s'était sentie soulagée ; le lendemain, nous sommes allés la voir. Elle était au lit. L'amélioration qu'elle avait éprouvée la veille s'était maintenue, et depuis elle a toujours été de mieux en mieux.

« Après l'apparition, Georges dit à l'assistance : « La Sainte Vierge m'a dit six mots la« tins, mais ceux à qui je dois les dire, je ne les « vois pas ; ils ne sont pas là ! » Il paraît que ces mots concernent particulièrement des personnes des pays ou des localités voisines. Ensuite, il ajouta qu'elle lui avait demandé, ce

qu'elle ne cesse de demander à chaque apparition : «La prière! beaucoup et bien prier! prier
« pour les pécheurs! prier pour les païens.
« Dans cette apparition, la Sainte Vierge renou-
« vela la promesse qu'elle avait déjà faite, con-
« cernant l'herbe de la Montagne, qu'elle avait
« la même vertu, le même pouvoir que l'eau
« des fontaines de la Salette et de Lourdes. »

« Après l'apparition, la personne avec laquelle
je me trouvais me dit : « Avez-vous senti cette
bonne odeur? » Et comme je lui répondais né-
gativement : « Comment, reprit-elle, vous n'avez
rien senti? Oh! la bonne odeur! » Et elle était
surprise de voir qu'elle paraissait être la seule à
qui cette faveur avait été accordée.

« Le jour de notre départ, nous nous ren-
dîmes ensemble faire une visite d'adieux aux
lieux de l'apparition; en arrivant vers la croix,
qui précède d'une centaine de pas ce lieu béni,
elle me dit de nouveau : « Est-ce que vous ne
sentez pas cette bonne odeur de parfum? »
Mais, comme la veille, elle seule était favorisée.
Le lendemain, une personne de la localité fit à
Georges plusieurs questions sur la pose de la

Sainte Vierge. Le Voyant répondit que quand
elle lui parle, elle a les mains étendues (à peu
près comme l'Immaculée-Conception). « Mais
quand elle apparaît? » lui demanda cette personne. — « Oh! quand elle apparaît, elle prie
avec nous (elle se joint aux prières des pèlerins)
et elle a les mains jointes comme cela. » Et il
imitait la pose de la Sainte Vierge d'une manière
si expressive et si pleine d'une suave piété, que
je me disais que cela seul suffirait pour faire
croire à la sincérité de ses paroles.

« Il y avait, à cette apparition de la veille de
l'Assomption, plusieurs personnes venues de
Dôle et de Morez, dans le Jura. »

On lira avec intérêt la lettre suivante, que
Georges adressa de Chatonnax, le 18 août 1872,
à une personne de Lyon, au sujet des apparitions du 16 juillet, que nous n'avons fait qu'indiquer, et de celle du 14 août, dont il vient d'ê-
tre question :

« Le 16 juillet, la Sainte Vierge est encore
apparue dans le même costume et à la même
heure que les autres fois. Il y avait une cinquan-
taine de personnes environ, dont quelques-unes

de Nantua. La Sainte Vierge apparut à la fin du Chapelet.

« Elle bénit les objets de piété que les personnes avaient apportés, ainsi que les chapelets. J'avais plusieurs suppliques en main. Je n'ai pas de réponse pour M...

« Les habitants de Chatonnax ont bien planté une croix, mais elle n'est pas bénite par M. le Curé, qui n'a pu encore s'en mêler.

« Priez toujours bien; c'est ce que la Sainte Vierge m'a recommandé. Elle m'a dit aussi, le 16 juillet, « que la fête de l'Ascension et celle de « l'Immaculée-Conception n'ont pas été bien « sanctifiées (sur la montagne, sans doute), qu'il « n'y a pas eu de prière. »

« Il y a eu encore apparition le 14, veille de l'Assomption ; « la Sainte Vierge a parlé contre « les blasphémateurs et les impies; » les personnes présentes prièrent pour une petite fille malade de la paroisse. Depuis quinze jours, elle souffrait horriblement d'un mal à la jambe droite; deux médecins y firent une opération, le 12 août, pour faire sortir le pus, ce qui la soulagea un peu; mais l'enfant souffrait toujours beaucoup.

Le 14 août, au moment même où l'on priait pour elle, elle se trouva beaucoup mieux et se mit à chanter; elle continua à bien aller, quoiqu'elle ne soit pas encore complètement guérie.

« Ma femme va beaucoup mieux ; elle se lève tous les jours; elle marche avec des béquilles, et cela lui fait du bien de se mouvoir un peu. »

Une observation à faire au sujet des jours où arrivent les apparitions, c'est qu'à part la fête de l'Ascension de 1872, la Sainte Vierge n'apparaît pas d'ordinaire à Georges Carlod, les jours de dimanches et de fêtes chômées, mais la veille, à cause de l'assistance aux offices, trop mise en oubli par nombre de pèlerins de la contrée.

XXIII et XXIV.

Le 7 septembre, veille de la Nativité de la Sainte Vierge, et le 28 du même mois, veille de la Saint-Michel, eurent lieu deux apparitions dont Georges rendit compte à sa sœur de Lyon, à la date du 30 septembre 1872 :

« J'ai eu encore le bonheur de voir la Sainte Vierge le 7 et le 28 de ce mois. Il n'y a rien de bien nouveau ; les deux fois, elle était vêtue comme d'habitude ; seulement, cette dernière fois, il y avait à ses côtés deux petits anges vêtus de blanc.

« L'apparition a duré environ vingt minutes ;
« la Sainte Vierge m'a toujours beaucoup re-
« commandé la prière. Elle m'a dit qu'il y au-
« rait bien des maladies et des morts dans cer-
« taines contrées ; qu'il y aura beaucoup de
« maux, surtout en Italie ; qu'une grande ville
« sera affligée. » Mais je ne sais pas, au juste,
à quelle époque ; je pense que ce n'est pas très-éloigné.

« Tu me demandes de l'herbe ; je t'en enverrai par occasion, le plus tôt que je pourrai. »

XXV.

Nous arrivons à l'apparition du jeudi 21 novembre, fête de la Présentation de la Sainte-Vierge. Voici comme Georges en écrivit de Chatonnax, le 25 novembre, à sa sœur de Lyon :

« Il y eut une apparition le 21. Elle a duré de dix à douze minutes. La Sainte Vierge était à peu près comme d'habitude, et accompagnée de deux anges en blanc et ceinture bleue. « Elle « se plaint beaucoup des blasphémateurs, des « incrédules, et de ce qu'il y a trop d'orgueil ; « elle dit que la France est à peu près dans le « même état qu'était le monde au moment où « Noé construisit l'Arche ; elle recommande « toujours de prier. »

« Elle m'a dit, comme les autres fois : « Je « vous reverrai encore. »

« J'ai l'intention d'y retourner le 7 décembre.

« Notre position est à peu près toujours la même ; ma sœur est convalescente ; ma femme peut toujours se lever, comme elle l'a fait depuis quelques mois. Acceptons tout de la main du bon Dieu, qui nous envoie ce qui lui plaît et à qui nous devons toujours nous soumettre en l'aimant.

XXVI.

Le 7 décembre suivant, la Sainte Vierge apparut accompagnée de deux anges. Il y avait beaucoup de monde ; malgré le mauvais temps, car il pleuvait beaucoup, il en était venu de très-

loin. L'apparition a duré longtemps, cette fois.
« La Sainte Vierge a recommandé la prière,
« particulièrement pour la conversion des pé-
« cheurs et des incrédules : « J'assisterai, dit-
« elle, au jugement des incrédules. »

« Mais il y a toujours bien des choses que
Georges ne dit pas. »

XXVII.

La veille de Noël, la Sainte Vierge apparut au
Voyant, accompagnée de quatre anges, dont deux
plus grands que les autres. Quinze à vingt personnes seulement se trouvaient réunies sur la
montagne.

«Elle recommande toujours beaucoup la prière
« dit Georges, dans une de ses lettres à ce sujet :
« Elle a dit : « *Il y aura une maladie conta-*
« *gieuse et beaucoup de morts,* » mais elle n'a
« pas dit où. Elle paraissait un peu triste;
« comme d'autrefois, elle a répété que les incré-
« dules, les blasphémateurs, les profanateurs
« du dimanche, les orgueilleux, les voleurs du
« bien d'autrui seront jugés sévèrement,

« Elle m'a dit en nous quittant : « *Je vous*
« *reverrai,* » mais elle n'a pas dit quand. »

XXVIII.

Le samedi 1er février 1873, la Sainte-Vierge
se montra à Georges, cette fois encore accompagnée de quatre anges vêtus de blanc avec
ceintures bleues. Comme toujours, « elle lui re-
« commanda la prière, et, par trois fois, elle lui
« enjoignit de dire au peuple de redoubler de
« prières pour apaiser la colère de son Fils.
« Puis elle ajouta qu'il se ferait de grands mi-
« racles par la vertu de l'herbe de la montagne,
« employée avec foi et accompagnée d'une neu-
« vaine. Elle dit aussi que ceux qui vivraient
« encore quelques années verraient de grandes
« choses en France ; que l'ennemi était venu en
« France, qu'il y avait fait bien du mal, mais
« que les Français, à leur tour, iraient en
« Prusse et qu'ils rapporteraient plus valant
« (textuel) que ce que les Prussiens avaient en-
« levé. Elle répéta aussi qu'il y aurait des ma-
« ladies et des morts, et que les récoltes se-

« raient endommagées par des fléaux; enfin elle
« insista au sujet de la chapelle : « *J'ai de-*
« *mandé une chapelle, dit-elle, mais on ne*
« *fait rien.* »

Il y avait à cette dernière apparition environ
soixante personnes. Du reste, les fidèles qui
croient à ces apparitions, continuent de venir
en pèlerinage à la montagne, particulièrement
de la Franche-Comté. Il paraît qu'il s'y est déjà
opéré des guérisons, ainsi qu'en Italie, à cette
date.

XIX.

La veille du mercredi des Cendres, 25 février,
Georges se rendit sur la montagne, et la Sainte-
Vierge, toujours si débonnaire pour lui, lui apparut dans le même costume et à la même
heure que d'habitude; elle était accompagnée de
quatre anges. « Après lui avoir parlé contre
« l'orgueil et l'incrédulité, elle lui dit entre au-
« tres choses : « *J'ai déjà sauvé la France, je*
« *la protégerai encore, mais il faut bien prier.*
« *Votre mission n'est pas encore terminée :*
« *je vous reverrai encore pendant trois ans.*»

XXX.

Le mardi 25 mars, plusieurs personnes avaient fait l'ascension de la montagne avec Georges. La Sainte-Vierge apparut à la troisième dizaine du troisième chapelet.

Comme toujours, Georges fut seul favorisé de la vision de la Mère de Dieu; toutefois, quelques personnes disent avoir senti une bonne odeur pendant l'apparition. « La Sainte-Vierge se plai- « gnit de nouveau de l'orgueil et de l'incrédulité, « disant que l'orgueil perd la France. Comme « toujours, elle recommanda la prière; qu'il fal- « lait redoubler de prières pour la France, pour « la conversion des pécheurs et surtout des in- « crédules; qu'il fallait garder la religion de nos « pères » (c'est-à-dire, rester fidèle à cette reli- « gion qui a fait si longtemps le bonheur de la « France en particulier.) » Elle ajouta qu'il fal- « lait également prier pour les âmes du Purga- « toire, faire le Chemin de la Croix; qu'au mo- « ment de notre mort, elle serait présente à « notre jugement.

« Elle dit aussi, raconte Georges dans une
« lettre sur cette apparition, qu'il y aura encore
« beaucoup de guérisons par la vertu de l'herbe
« de la montagne, mais surtout dans le loin-
« tain. » La Sainte-Vierge était encore accompagnée de quatre anges dans cette apparition,
qui a duré une demi-heure. Il y avait cent cinquante personnes environ. «Nous attendons une
statue de la Sainte-Vierge; elle vient de Lyon et
coûtera quatre cents francs environ; elle sera
tout simplement placée sur un piédestal au lieu
de l'Apparition. La croix avec son Christ est placée. L'autorité ecclésiastique ne dit toujours rien
des apparitions. »

Une personne qui se trouvait sur la montagne
à l'apparition de ce même jour, rapporte avoir entendu lire une lettre où le fait suivant était raconté : Un homme de Longchaumoi, en abattant
un arbre, avait été atteint par la chute de celui-
ci, et en avait eu la jambe cassée ; il souffrait
horriblement depuis plusieurs jours, lorsqu'il
entendit parler des guérisons opérées par
l'usage de l'herbe de la montagne, pourvu qu'on
y eût foi. Il s'en servit avec la ferme espérance

d'être guéri, et, à la troisième fois qu'il avait fait usage du remède, il se trouva, en effet guéri. Cette lettre était écrite et signée par le patient lui-même.

A la date du 28 avril suivant, Georges raconte ainsi, dans une lettre, l'arrivée de la statue dont il a été question plus haut : « ... Le Christ et la statue dont vous me parlez, sont placés depuis quelques jours; la statue est très-jolie. M. le Curé la trouve la plus belle qu'il y ait dans nos pays. Elle est achetée par dons de plusieurs personnes guéries, et par quelques personnes de la localité, mais tout volontairement; nous recevons, mais nous ne demandons rien; nous remercions bien toutes les personnes qui s'associent à cette petite bonne œuvre, et nous prions pour elles; espérons que le bon Dieu les récompensera au centuple en ce monde et dans l'autre..... S'il y a quelque chose de nouveau, je vous l'écrirai; prions tous les uns pour les autres. »

XXXI.

Le 24 mai suivant, veille de l'Ascension, la

Sainte-Vierge apparut, vêtue de blanc et accompagnée de six anges. « A ses recommandations « habituelles de prier particulièrement pour la « conversion des pécheurs, ainsi que pour la « délivrance des âmes du purgatoire, elle ajouta « que le Saint-Père ne tarderait pas à être rétabli « dans ses droits. »

XXXII.

La veille de la Pentecôte, 31 mai, nouvelle apparition. Comme dans les précédentes, « la « Sainte-Vierge demande qu'on prie pour la « conversion des pécheurs, et afin que le bon « Dieu protége la France. »

XXXIII.

Le jeudi 12 juin suivant, jour tombant de la Fête-Dieu, la Sainte-Vierge apparut, habillée tout en noir; elle tenait une croix noire de la main droite et un scapulaire de la main gauche; cinq minutes environ se passèrent, et ses habits se trouvèrent blancs comme la neige. « Elle

« répéta ses recommandations de prier pour les
« âmes du purgatoire, pour la France, pour la
« conversion des pécheurs, et pour notre Saint-
« Père le Pape. » Elle était accompagnée, cette
fois, de huit anges.

XXXIV.

Le mercredi 2 juillet, fête de la Visitation,
une quarantaine de personnes se trouvaient sur
la montagne avec le Voyant, qui fut, comme
toujours, seul favorisé de l'apparition. Dix anges
accompagnaient la Sainte-Vierge ; ses recommandations furent les mêmes que d'habitude.

XXXV.

Le 16 juillet, fête de Notre-Dame du Mont-
Carmel, bon nombre de pèlerins étaient venus
de loin, notamment du Jura. La Sainte-Vierge
se montra à Georges au moment habituel, c'est-
à-dire, entre dix et onze heures. Elle était encore
cette fois habillée de noir, tenant une croix
noire à la main ; douze anges l'accompagnaient.

« Elle recommanda encore instamment la
« prière. »

XXXVI.

Nous avons plus de détails de l'apparition qui
eut lieu le jeudi 14 août, veille de l'Assomption.
Voici ce que nous en lisons dans une lettre de
Georges à sa sœur :

« La Sainte-Vierge est apparue plus brillante
que jamais, accompagnée de seize anges, et en
présence de cent cinquante personnes (environ),
parmi lesquelles se trouvait un jeune abbé venu
d'A....., en Savoie, pour remercier la Sainte-
Vierge d'avoir guéri sa mère, qui souffrait beaucoup ; sa sœur, ayant appris que la Sainte-Vierge
apparaissait à notre montagne, et voyant sa
mère souffrante, est partie de Savoie pour assister à l'apparition du 16 juillet, sans en prévenir
sa mère ; et, au moment qu'elle est arrivée sur
notre montagne, sa mère a été guérie subitement, car ce jeune abbé, qui est venu pour remercier la Sainte-Vierge, a dit qu'elle avait
porté le dîner à ses ouvriers le même jour. »

« Chère sœur, n'oublie pas de prier et de
« recommander la prière, car notre bonne Mère
« me l'a recommandée dans toutes ses appari-
« tions, et elle m'a dit, dans cette dernière, que
« d'ici à un an il arriverait de grandes choses. »

« Elle me dit encore que les grâces se répan-
« draient en Suisse, en Comté et en Savoie;
« qu'elles ne resteraient pas au pays, à cause
« de l'incrédulité. » Des personnes pieuses chan-
taient des cantiques pendant l'apparition. « La
« Sainte-Vierge m'a dit de faire chanter le *Ma-*
« *gnificat.* »

Parmi les pèlerins de ce jour, beaucoup
étaient, en effet, venus de loin, pleins de foi et
de confiance en l'apparition, tandis que l'indifférence va toujours croissant dans le pays même
et son voisinage. On avait remarqué, parmi eux,
une dame de Morez, dans le Jura, atteinte du
mal caduc, qui était restée les bras en croix pendant l'apparition, et qui, dit-on, se trouva guérie depuis lors. Georges aurait aussi dit que
« Lyon serait préservé de bien des dangers, à
cause de la foi qui y règne encore, et aussi à.

cause de sa dévotion à Notre-Dame de Fourvières. »

XXXVII.

« Hier samedi, écrit de Chatonnax, le 31 août
1873, Georges Carlod à sa sœur de Lyon, j'é-
tais seul à la montagne,, et notre bonne Mère
daigna m'apparaître de nouveau. Elle était vêtue de blanc, avec une ceinture de roses blanches et de roses vertes. Sa couronne n'était plus
la même; elle était si belle, si brillante, que je
n'ai pu la distinguer et la voir.

« La Sainte-Vierge recommande toujours de
« prier, et se plaint des blasphèmes. » Elle
avait une croix blanche à la main droite, et il y
avait des anges plus que les autres fois. Je n'ai
pu les compter.

« Elle m'a dit : « *Je vous reverrai dans
peu.* »

« J'ai intention d'y retourner pour le 8 septembre, mais je ne suis pas certain de revoir la
Sainte-Vierge ce jour-là. »

XXXVIII.

Le lundi 8 septembre, jour de la Nativité de la Sainte-Vierge, Georges se rendit, en effet, à la montagne. La Sainte-Vierge lui apparut, vêtue de blanc, tenant une croix blanche, et accompagnée de trente à quarante anges. L'apparition dura une demi-heure. Environ trois cents personnes étaient présentes. « Outre les recom-« mandations ordinaires de prier, la Sainte-« Vierge dit que dans peu il y aurait une grande « révolution ; *qu'il y aurait trois jours de té-« nèbres,* et que les personnes pieuses devaient « se munir de cierges bénits. »

Dans le courant de ce mois de septembre, le 26, la femme de Georges était morte. Ce fut une épreuve bien douloureuse pour le Voyant ; car, douée comme elle l'était, d'une grande bonté et de beaucoup de vertu, et ayant conservé toutes ses facultés , malgré son grand âge, elle apportait beaucoup de consolations à Georges au milieu de toutes les tribulations que lui

causaient les apparitions de la part des mé-
chants et des incrédules.

Cette mort fut suivie d'une autre non moins
sensible pour Georges, dans la personne de
M. l'abbé Humbert, le vénérable curé de
Veyziat, décédé peu de jours après. Ce digne
prêtre, animé d'une sincère et franche piété,
joignait à beaucoup d'intelligence un esprit
droit et un jugement sûr. Aussi, sans rien
précipiter dans ses appréciations, ni rien re-
jeter systématiquement du fait des apparitions, avait-il fini par y être favorable. Néanmoins, il ne voulut jamais y assister, fidèle en
cela aux prescriptions du devoir. Les pèlerins
le regrettèrent de leur côté, car ils avaient
trouvé en lui un homme de bon conseil, et un
hôte plein d'aménité. Il avait, dit-on, même
manifesté, quelque temps avant sa mort, se sen-
tant déjà indisposé, le désir d'être enterré sur
la montagne, au pied de la statue de la Sainte-
Vierge. Nous faisons des vœux pour que ce pieux
désir trouve plus tard son accomplissement.
Du reste, M. l'abbé Humbert, ainsi qu'on le raconte, n'était pas lui-même étranger aux faveurs

de la Sainte-Vierge : comme il était encore vicaire à Lagnieu, dans un moment où la fièvre typhoïde désolait cette paroisse et avait déjà emporté plusieurs de ses confrères, frappé lui-même de la contagion et en danger de mort, il vit, une nuit, la Sainte-Vierge lui apparaître ; elle fit le tour de son lit, toucha le moribond et lui dit en souriant « *Tu es guéri.* » Le lendemain, en effet, tout mal avait disparu. Cependant, plein de réserve et de discrétion, l'abbé Humbert n'avait parlé de ce prodige que dans ces derniers temps. Il paraît, du reste, que Marie n'avait pas borné là ses faveurs pour lui. Plus tard, sans doute, il sera permis d'en parler, sans manquer à la réserve à observer aujourd'hui.

XXXIX.

Nous ne pouvons qu'indiquer l'apparition dont Georges Carlod fut favorisé le dimanche 5 octobre, fête de Notre-Dame-du-Rosaire. Il se trouva probablement seul sur la montagne ; la Sainte-Vierge n'avait pas voulu tarder plus longtemps à venir le consoler dans son deuil, mais nous manquons de tout détail à ce sujet.

XL.

La veille de la Toussaint, un bon nombre de pèlerins s'étaient rendus au lieu de l'apparition, malgré la pluie et les mauvais chemins. Il était onze heures environ. On commença par réciter le chapelet, puis, aux premières invocations des litanies de la Sainte-Vierge, Georges donna le signal de l'apparition. Les litanies achevées, le Voyant, sur la demande de la Sainte-Vierge, nous dit : raconte un pèlerin, « de réciter un *Pater* « pour le Saint-Père, un autre pour la conver- « sion des pécheurs, des orgueilleux et des in- « crédules en particulier, un troisième pour les « intentions des personnes présentes, et un autre « *Pater* pour les âmes du Purgatoire. » La Reine de tous les saints était habillée de blanc; elle tenait de la main droite une croix noire avec laquelle elle a béni les pèlerins et les objets de piété qu'ils avaient apportés à cet effet. « Elle a béni à droite, à gauche, tout autour d'elle, dit Georges; elle avait un chapelet à son bras et un grand scapulaire qu'elle tenait de la main gauche; les Anges qui l'accompagnaient étaient au nombre de trente-six; ils sont de trois grandeurs différentes, il y en a dix-huit à sa droite, et autant à sa gauche. »

Après la récitation des *Pater*, Georges a demandé qu'on chantât le *Magnificat* et le *Salve Regina*, suivis encore, sur sa demande, de la récitation du *De Profundis* et du *Souvenez-vous*. « Après quoi, le Voyant baisa la terre, « comme la Reine des cieux disparaissait. « La « Sainte-Vierge lui avait aussi dit qu'il y aurait « encore beaucoup de guérisons, mais dans le « lointain; que son Fils Jésus en ferait aussi. Elle « avait ajouté de plus que d'ici à peu de temps, « il arriverait de grandes choses; que la France « supporterait des afflictions et des calamités, « mais que l'Italie et la Prusse en souffriraient « de bien plus grandes, et qu'il fallait continuer « de prier. La Sainte-Vierge a dit aussi en latin : « *Deposuit potentes de sede*, » ajoutant *que le « Saint-Père ne tarderait pas à être rétabli « dans ses droits.* »

Il y avait cette fois avec la Sainte-Vierge un vieillard tenant un beau livre sous le bras. Geor-

ges l'avait déjà vu deux autres fois, notamment le
jour de la fête du Saint-Rosaire. Il pense que
c'est Saint Joseph. Il y avait également présent
un prêtre âgé, en soutane et surplis avec l'étole.
Le Voyant, en cette première rencontre n'osa
pas le regarder en face, pensant que c'était l'abbé
Humbert, son curé défunt.

XLI.

Lors de l'apparition précédente, un pèlerin
avait prié Georges de vouloir bien présenter une
supplique de sa part à la Sainte-Vierge; après le
départ de celle-ci, il dit à cette personne qu'il
n'avait pas reçu de réponse; mais il ajouta que
Marie lui avait annoncé qu'elle lui apparaitrait de
nouveau dans la quinzaine, mais pour lui seul et
qu'alors il présenterait de nouveau cette requête.

Il monta, en effet, le mercredi 12 novembre
sur la montagne, mais seul et sans qu'on ait eu,
paraît-il, de détails sur l'apparition de ce jour là.
Georges ne fait pas, en effet, connaître toutes
les communications qu'il reçoit de la Sainte-
Vierge, surtout touchant ce qui concerne sa mis-

sion personnelle. Sans doute que la Sainte-Vierge l'encourage au milieu de toutes les difficultés qu'il rencontre, en faisant connaître les avertissements salutaires et les invitations pressantes qui lui sont faites d'insister sur la prière, la conversion des pécheurs, etc.

XLII et XLIII.

Le vendredi 21 novembre, fête de la Présentation de la Sainte-Vierge, Georges était allé à son travail, sans avoir, paraît-il, l'intention de se rendre sur la montagne; mais quelques pèlerins se mirent à sa recherche et le conduisirent avec eux au lieu de l'apparition. Marie, dans son inépuisable miséricorde, répondit, comme d'habitude, à la confiance des fidèles. Voici comment Georges rendit compte de l'apparition, dans une lettre à sa sœur, en date du 23 novembre.

« Chère sœur, je me fais un devoir de t'écrire, surtout lorsque j'ai eu le bonheur de voir notre bonne Mère. Je te dirai que le 21 courant, elle m'a apparu avec autant d'éclat que la veille de la

Toussaint ; dans cette apparition, notre bonne
Mère s'est plainte un peu en « disant qu'on né-
« gligeait de prier pour les âmes du purgatoire.
« Elle m'a dit que les prières pour le soulage-
« ment de ces âmes étaient retranchées d'un
« quart ; et elle m'a recommandé la prière et la
« charité (l'aumône) pour ceux qui pourront la
« faire et qu'il y aurait encore beaucoup de gué-
« risons, dans le lointain surtout, parce que les
« gens y ont plus de foi : » On a remarqué que
beaucoup de guérisons se faisaient dans la Comté
et en Savoie.

« J'ai reçu dernièrement une lettre d'un monsieur qui est vicaire à L... en Savoie, qui me dit
que sa mère a été guérie par l'usage de l'herbe
de la montagne et qu'il veut venir ainsi que sa
mère pour remercier notre bonne Mère de la
grâce qu'elle a bien voulu lui accorder.

« Chère sœur, tu me dis dans ta lettre que
ce monsieur qui est venu au pays t'a parlé que
j'avais eu la visite d'un prêtre qui a voulu se
faire conduire à la montagne ; cela est positif, et
une étoile nous a accompagnés pendant notre
voyage ; étant de retour je lui ai demandé son

nom et il m'a dit qu'il était des environs de Paris,
qu'il venait de faire une mission en Alsace, et
qu'il partait pour un pélerinage en Savoie. Je te
récrirai sous peu, après le 8 Décembre.

« Je suis pour la vie ton respectueux frère,
Carlod. »

Ce missionnaire dont Georges vient de parler,
était arrivé à Chatonnax, à une heure assez
avancée de la soirée; Georges lui avait objecté
qu'il n'était pas prudent de faire le pélerinage à
la montagne, au milieu de l'obscurité; mais le
missionnaire qui était malade et pressé de faire
cette ascension, avait insisté. Georges, dans sa
grande bonté, consentit donc à l'accompagner.
Il raconta qu'une étoile d'une grande clarté les
avait éclairés dans ce pélerinage, et qu'au lieu de
l'Apparition sa lumière était pareille à celle des
rayons de la lune; qu'à leur retour le missionnaire lui avait bien fait des remercîments et
l'avait quitté en lui disant qu'il était guéri.

XLIV.

Le lundi 8 Décembre 1873, jour de l'Immaculée-Conception, le temps était magnifique; le

givre avait donné aux arbres, aux buissons et à l'herbe de la montagne un aspect des plus saisissants. Une soixantaine de pélerins avaient eu le courage de braver le froid. Une pauvre vieille appelée ou surnommée la *diseuse de Rosaires*, d'un village voisin, récita le chapelet. Elle était arrivée à la deuxième dizaine des Mystères glorieux, quand on vit Georges baiser la terre; comme toujours, les pélerins imitèrent son exemple. Le troisième chapelet terminé, le Voyant entra en communication avec la Sainte-Vierge, lui présenta les différentes suppliques dont il était chargé, fit réciter plusieurs *Pater* et *Ave* à diverses intentions, et termina en demandant le chant du *Magnificat* et du *Salve Regina* et la récitation du *De Profundis* et du *Souvenez-vous*, comme la veille de la Toussaint.

Après l'Apparition qui avait duré près d'une heure, Georges se leva et dit à toute l'assistance « que l'année qui allait bientôt commencer serait « dure; que l'on ne serait pas heureux, qu'il y « aurait beaucoup de maladies suivies de morts, « qu'il y aurait grêles et famine, mais par con- « trées, que la Sainte-Vierge était triste; qu'elle

« avait dit de beaucoup prier et que peut-être
« son Fils se laisserait toucher ; enfin de re-
« doubler de prières. Elle dit aussi que dans le
« pays on ne profitait pas des grâces qu'elle
« venait apporter : » ce qui est bien vrai,
car il faut l'avouer, Georges rencontre autour
de lui bien peu de croyants à l'Apparition.

« La Sainte-Vierge s'était montrée comme les
fois précédentes, de onze heures à midi, accompagné du même nombre d'anges ainsi que du
vieillard vénérable que le Voyant croit être saint
Joseph, et du prêtre en surplis, qu'il croit être
son curé défunt.

En descendant de la montagne, on lui demanda
si c'était la Sainte-Vierge qui avait fait chanter le
Magnificat, il répondit affirmativement et il
ajouta : « *Elle l'a chanté avec vous!* » —
« Vraiment! mais sa voix? » — « Oh! elle a
une voix très-douce et qui ne couvre pas le
chant. » — « Et les anges chantaient-ils aussi? »
— « Il y en a qui chantent, mais pas tous, les
plus grands seulement. » — Un jour qu'on ques-
tionnait Georges sur les anges qui accompagnent
la Sainte-Vierge, il répondit, qu'ils étaient de

trois grandeurs différentes et de la main il indiquait ces diverses grandeurs.

XLV.

On pense bien que l'Apparition ne fit pas défaut la veille de Noël. Georges en parle dans les termes suivants dans une lettre à sa sœur, en date du 10 janvier 1874 :

« Chère sœur, « Notre bonne Mère m'a dit,
« la veille de Noël : que la Prusse et la Suisse se-
« raient bien affligées en bien des manières ; »
rien autre à te dire pour le moment, » et sa lettre se termine par les souhaits habituels de nouvelle année.

On a déjà eu occasion de remarquer la briéveté des lettres de Georges, mais cela s'explique par la nécessité où il se trouve d'avoir recours à l'obligeance d'autrui : ce qui le rend nécessairement moins communicatif, sans compter qu'il est naturellement timide et craint d'abuser de l'obligeance des personnes qui lui rendent ce service. Ainsi s'explique la différence que l'on a parfois remarquée entre les comptes-rendus par écrit du

Voyant et ceux qu'il a donnés de vive voix aux pélerins, surtout après les apparitions.

XLVI.

Le lundi 2 février 1874, soixante à quatre-vingt personnes firent le pèlerinage de la montagne, sans trop se préoccuper du froid. A la deuxième dizaine du troisième chapelet, la Sainte-Vierge apparut, et resta pendant un temps assez long en communication avec le Voyant.

Georges dit qu' « Elle avait, comme toujours, « recommandé la prière, en disant qu'il fallait « prier plus que jamais; que la France était « dans une triste position, mais qu'elle ne l'ou-« blierait pas; que depuis que les soldats fran-« çais étaient sortis de Rome l'Antechrist y était « entré; qu'il avait parcouru et fait des ravages « en Italie, dans la Suisse et dans la Prusse, « et qu'il était maintenant entré en France. » La Sainte-Vierge était habillée de blanc, avec une ceinture et une croix également blanches, et une couronne d'or sur la tête; elle était accompagnée du même nombre d'anges que précédemment, également vêtus de blanc, ainsi que de Saint Joseph et du Curé défunt, comme le croit Georges.

XLVII.

C'est l'habitude du Voyant, lorsqu'il fait sa tournée au bois, de se rendre au lieu de l'apparition pour y prier.

A cette occasion, la Sainte-Vierge lui apparut dans la première semaine de mars, l'un des jours des Quatre-Temps. « Elle lui parla du « purgatoire, entre autres, et lui recommanda « de prier beaucoup pour les âmes qui sont « dans ce lieu de souffrances. »

A propos du purgatoire, Georges rappelait à un pèlerin que la Sainte-Vierge « s'était plainte « que, dans les pèlerinages de l'année dernière, « on avait oublié de prier pour ces pauvres « âmes. »

XLVIII.

Nous avons noté, jusqu'ici, environ cinquante

apparitions de la Sainte-Vierge à Georges Carlod, sans prétendre les avoir toutes énumérées.
Le Voyant parle, en effet, de plus de soixante
apparitions, jusqu'à celle du 25 mars 1874, par
laquelle nous allons terminer ces récits som-
maires, remettant à plus tard d'en faire connaître la suite; les apparitions ne discontinuent
pas, en effet.

Cette dernière est, du reste, l'une des plus
remarquables qu'ait eues le Voyant; quarante à
cinquante pèlerins s'étaient rendus sur la montagne, le jour de l'Annonciation, à l'heure ordinaire; pendant qu'ils étaient en prière avec
Georges, à la seconde dizaine des mystères douloureux, le Voyant signala l'arrivée de la Sainte-
Vierge; on continua néanmoins ce second chapelet jusqu'à la fin, et, pendant ce temps, comme
Georges le dit ensuite, *Notre bonne Mère avait
prié avec l'assistance.* Puis, le Voyant entra en
communication avec l'apparition. Au bout de
quelques instants, on le vit de nouveau baiser
la terre, et tous de l'imiter. Il renouvela cet
acte de pénitence au moins six fois pendant la
vision. Il dit aussi : « Baisez la croix de vos

chapelets, » ordre qu'il renouvela sur la fin de l'apparition. Mais il ne fit point réciter de prière; il se contenta de présenter à la Sainte-Vierge les différentes suppliques dont il avait été chargé. Baisant une dernière fois la terre, il se leva et se tournant vers les pèlerins:

« J'ai une triste nouvelle à vous annoncer : « notre bonne mère pleurait! » Elle avait son visage dans ses mains. Elle était tout en noir, et, plus que les autres fois, avec une croix noire, un grand scapulaire et son rosaire également noir; « elle pleurait beaucoup. » Elle a dit « qu'elle avait assez recommandé de prier; que « l'on n'avait pas assez prié; qu'elle ne pouvait « plus retenir le bras de son Fils. Puis elle « ajouta qu'il y aurait une grande affliction; « que chacun en aurait sa part, les petits comme « les grands, les pauvres comme les riches, et « qu'il n'y aurait d'excepté qu'un petit nombre « d'élus; que le moment n'est pas éloigné; que « la crise serait terrible; qu'il fallait redoubler « de prier, de prier surtout pour la conversion « des blasphémateurs et des profanateurs du « saint jour du dimanche, pour les personnes

« sans foi et sans religion, qui disent qu'il n'y
« a point de Dieu et de Sainte-Vierge, mais qu'ils
« la verront plus tard (au jugement); de prier
« aussi pour les orgueilleux et les avares; que,
« sans la charité, on n'entrerait point dans le
« royaume des Cieux. » La Sainte-Vierge était
accompagnée, à cette apparition, du même nombre d'anges que précédemment, ainsi que de
Saint Joseph; mais le Curé défunt n'y était pas.
Elle a aussi béni les pèlerins, ainsi que leurs
objets de piété.

Parmi les personnes présentes ce jour-là,
l'une d'elles fit part qu'elle avait reçu une lettre
d'une dame de Chambéry, lui annonçant la guérison d'une religieuse de la Visitation, gravement malade, et qui s'était trouvée subitement
guérie, après avoir pris une seule infusion de
l'herbe de la montagne. Georges, à cette occasion, fit remarquer une fois de plus que la Savoie était le pays le plus favorisé de ces grâces,
parce que l'on y a plus de foi à l'apparition.

Résumons en peu de mots le fond de ces apparitions. La Sainte-Vierge, comme une mère compatissante au chevet d'un prodigue, signale à la chrétienté, et surtout à la France, sa Fille privilégiée, mais indocile, les erreurs et les crimes du passé avec les châtiments de plus en plus terribles que réserve aux endurcis un prochain avenir ; mais aussi, elle indique les remèdes souverains de la dernière heure et les espérances magnifiques qui les doivent couronner, surtout pour la France et l'Eglise, si les fidèles prêtent à ses accents maternels une oreille reconnaissante et filiale.

Les erreurs et les crimes du passé, encore persistants dans le présent : c'est la foi qui s'en va ; ce sont les commandements de Dieu et de l'Eglise indignement foulés aux pieds ; c'est l'orgueil, ce crime capital de la France, qui ne fait que grandir malgré tant d'humiliations ; c'est le blasphème qui déborde ; c'est le dimanche toujours profané ; c'est la main du riche déniant l'aumône au pauvre ; c'est le vol devenu presque l'industrie de tous ; ce sont enfin certains péchés immondes dont le nom expira sur les lèvres de la Vierge Immaculée ; bref, la Reine des nations et tous les peuples à sa suite sont tombés aussi bas que le monde au temps de l'Arche de Noé.

Si un second déluge a contre lui la parole du Seigneur, les plaies d'Egypte n'en sont demeurées qu'une arme plus dévorante dans la main du Dieu vengeur ; aussi que de fléaux en perspective, après déjà quatre-vingts ans de révolutions et de châtiments inouïs! Ce sont de nouvelles guerres au dedans et au dehors, avec pestes, famine et les mille maux qui en découlent, déchaînés, non-seulement sur la France, mais plus encore sur l'Allemagne, l'Italie, la Suisse, le tout dépassé par trois jours de ténèbres. Et n'oublions pas cette sentence anticipée de la Mère du Souverain Juge : *Deposuit potentes de sede.*

Cependant, la situation est-elle désespérée? Non, certes! si tant d'orgueil et de corruption cèdent la place à l'humble prière du pécheur converti. On l'a, en effet, remarqué; pas une de ces apparitions où Marie ne parle de prière pour le prochain autant que pour soi-même, pour la foule des pécheurs, des blasphémateurs, des incrédules, des avares, des païens; pour les âmes du purgatoire, si oubliées, alors que le nombre en est multiplié par tant de fléaux; pour la France, dont l'exemple entraînera toujours le monde après elle; pour le Saint-Père, qui a bu de l'eau du torrent, et sera d'autant plus exalté.

Et quelle prière accessible à tous ! le *Chemin de la Croix*, le *Chapelet*, le *Pater*, l'*Ave*, le *Magnificat*, le *Memorare*, le *Salve Regina*, le *De profundis*, ces joyaux de la prière catholique, auxquels il faut joindre les œuvres de pénitence, symbolisées par la bénédiction de l'herbe de la montagne.

Et alors, quelles espérances ! quel triomphe de l'épouse de Jésus-Christ ! quelle splendeur pour la France, redevenue la nation très-chrétienne, et quels gouffres insondables ouverts sous les pieds des oppresseurs de toute vérité et de tout droit !

Lyon, imp. J. GALLET, rue de la Poulaillerie, 2.

NOTRE-DAME DE FOURVIÈRES

PRIEZ POUR NOUS !

REINE DE TOUS LES SAINTS

PROTÉGEZ-NOUS !

PRECIS

DES

APPARITIONS DE LA SAINTE-VIERGE

A GEORGES CARLOD

SUR UNE MONTAGNE DU BUGEY

Par un Pélerin

DEUXIÈME PARTIE

**Comprenant les Apparitions arrivées depuis
le 2 mai 1874 jusqu'en novembre 1875**

PRÉCÉDÉE DE LA

RÉFUTATION

DES PRINCIPALES OBJECTIONS QUE CES MANIFESTATIONS

ONT SOULEVÉES.

LYON

L. GAUTHIER, LIBRAIRE

3, Rue Grenette, 3.

—

1876

PRECIS

APPARITIONS DE LA SAINTE-VIERGE

A GEORGES CARLOD

RÉFUTATION

DES PRINCIPALES OBJECTIONS QUE CES MANIFESTATIONS ONT SOULEVÉES.

Jamais peut-être depuis l'origine du christianisme, la guerre entreprise par les puissances infernales contre l'Eglise de Jésus-Christ, gardienne du dépôt sacré de la foi et de la doctrine évangélique, n'avait paru atteindre le degré de fureur et de violence auquel elle est arrivée de nos jours ; c'est au point que l'on pourrait, pour ainsi parler, préciser l'heure et le moment où cette sainte Epouse du Divin Rédempteur devrait tomber sous les efforts de tous ses ennemis, si elle n'avait pour elle les promesses de vie, faites par son Divin fondateur. Mais jamais aussi la toute puissance divine, par un effet admirable de son infinie miséricorde, ne s'était manifestée au monde par des signes visibles aussi nombreux et des prodiges aussi éclatants que de nos jours, rappelant ainsi au monde l'existence d'un Dieu alors que tous ses ennemis se croient sur le point de triompher. Ces manifestations divines se présentent sous deux aspects différents : c'est, d'une part, Notre-Seigneur se révélant à des âmes d'élite, âmes généreuses et courageuses, afin d'en faire des victimes d'immolation chargées de souffrir et d'expier pour les péchés des hommes, en renouvelant dans leurs personnes d'une manière toute mystique, mais, néanmoins, visible, les souffrances de sa Passion ; (1) d'autre part, c'est la Très-Sainte-Vierge Marie apparaissant, elle aussi à de pauvres créatures, simples et pures, choisies dans les rangs les plus obscurs de la société, à de pauvres bergers enfin, et dont elle fera ses missionnaires, afin de nous faire passer ses salutaires avertissements.

C'est ainsi qu'elle est apparue à la Salette, dans l'attitude de la douleur et de la tristesse, nous reprochant nos crimes et nous faisant entendre les menaces du Seigneur. Plus tard elle apparaîtra de nouveau dans la grotte de Lourdes à la petite

(1) Il est ici question de Louise Lateau, de Bois-d'Haine, de Palma d'Oria, etc., etc., etc.

Bernadette, mais non plus cette fois le visage baigné de larmes, mais sous un aspect souriant, plein de grâces et de douceur, afin d'attirer ainsi à elle ceux que la première de ces apparitions, par son aspect douloureux et menaçant, aurait pu éloigner de son cœur maternel au lieu de les en rapprocher.

Qui ne connait l'apparition de Pont-Main, où cette divine protectrice de notre malheureuse patrie est apparue comme un gage de paix et de réconciliation ; et ces apparitions de l'Alsace où cette Mère de tous les chrétiens s'est manifestée à des multitudes d'hommes, afin de fortifier leur foi, menacée par la persécution religieuse, et leur donner l'espérance d'un avenir meilleur?

Ces quelques faits que nous venons de citer, et dont la connaissance est à peu près répandue partout, témoignent assez que l'amour maternel de Marie sait se rendre accessible à tous, ainsi qu'à tous nos besoins.

⁂

Mais en dehors de ces manifestations, bon nombre d'autres se sont produites sur différents points de la France, et dont l'existence peu connue ne se manifestant pas d'une manière aussi éclatante que

celles énoncées plus haut, n'en méritent pas moins,
cependant, d'être reçues avec la même foi et la
même reconnaissance que leurs devancières.

Ces dernières réflexions s'appliquent naturellement
aux faits surnaturels qui sont l'objet de cet écrit,
aux apparitions de la Ste-Vierge à Georges Carlod,
sur la montagne de Diesse en Bugey (1), dont nous
allons continuer la publication et qui, malgré qu'elles
ne se manifestent pas avec autant d'éclat que celles
de la Salette et de Lourdes, s'affirment néanmoins
par des faits miraculeux assez nombreux pour attirer
sur cette montagne bénie ceux que leur état de
souffrances physiques ou morales porte à avoir
recours à celle qui est appelée la consolatrice des
affligés, et qui viennent ainsi s'unir à ceux que leur
amour pour Marie porte à considérer comme tout
possible à l'amour de cette Mère bien aimée.

Mais avant de reprendre le récit de ces faits surnaturels, il est nécessaire de dire quelques mots
sur les épreuves qui, n'ayant pas manqué aux manifestations qui se sont produites en différents lieux,
ne devaient pas non plus manquer à ces faits sur-

---

(1) Cette montagne est située sur la limite du département
de l'Ain, à six kilomètres de la petite ville d'Oyonnax, au
nord-ouest de cette localité.

naturels ; nous allons donc essayer de faire connaître les attaques dont elles ont été l'objet, l'opposition qu'elles ont rencontrée, et les accusations
que l'on a lancées contre elles et que nous nous
proposons de réfuter en démontrant leur nullité.

* * *

L'esprit d'opposition et de résistance que le Divin
Sauveur devait rencontrer lorsqu'il vint sur la terre
pour accomplir l'œuvre de notre rédemption, devait
aussi se retrouver en face de Marie, venant elle
aussi de nouveau sur la terre afin d'y renouveler, en
quelque sorte, l'œuvre de son Divin Fils ; cet esprit
de répulsion et d'incrédulité se retrouve d'ailleurs
dans toutes les apparitions de l'auguste Mère de
Dieu. Les apparitions de la Salette et de Lourdes,
où l'action divine s'est manifestée par des faits miraculeux aussi éclatants que multipliés, quels assauts,
quelles oppositions n'eurent elles pas à soutenir
contre l'esprit de ténèbres dès leur origine ? Les
apparitions de la Sainte-Vierge sur la montagne de
Diesse devaient donc, elles aussi, avoir à subir ces
épreuves ; elles ne devaient pas lui manquer, elles
ne lui ont pas manqué non plus, comme nous
allons le démontrer.

Nous avons raconté dans la première partie de ces récits, les scènes violentes et tumultueuses qui se sont passées le jour de l'Ascension 1872, premier anniversaire des apparitions sur la montagne de Diesse, et accomplies principalement par une partie des populations venues des centres manufacturiers situés dans les alentours du lieu de l'apparition, et qui, d'ailleurs, avaient tourné miraculeusement, nous croyons pouvoir le dire, à la honte et à la confusion de leurs auteurs.

Depuis, ces scènes regrettables ne s'étaient pas renouvelées et tout était rentré dans le calme ; cet état de paix et de tranquillité se continua jusqu'à la mort de M. l'abbé Humbert, curé de Veyziat, commune sur laquelle est située Chatonnax et la montagne de Diesse, et qui arriva dans le courant du mois d'octobre 1873. Ce vénérable pasteur, comme nous l'avons dit déjà, qui d'incrédule était devenu un des plus fermes croyants de ces faits surnaturels, ne pouvait moins faire que de protéger ces manifestations, en ne faisant aucune opposition aux pèlerinages, laissant ainsi à tous ses paroissiens, toute liberté pour se rendre sur les lieux de l'apparition; et comme c'était un prêtre très-estimé et plein d'expérience, d'ailleurs, d'un âge mûr, l'opposition

ne pouvait guère aller contre sa manière de voir et
d'agir. Il fut remplacé par un jeune professeur de
collége, qui devait nécessairement être obligé, pour
accomplir les devoirs de sa charge, d'avoir recours
à l'expérience de ses collègues, ses supérieurs dans
l'ordre hiérarchique, et bien connus, d'ailleurs,
pour être opposés aux apparitions.

Quoiqu'il en soit, à l'influence favorable aux apparitions, résultant de la croyance du curé défunt à
ces faits surnaturels, avait succédé une sorte de
crainte et de gêne qui ne pouvait provenir que d'une
sorte de réaction sourde, action cachée qui n'agis-
sait pas au grand jour, sous l'influence de laquelle
l'esprit de foi et de confiance en ces manifestations
allait en diminuant de plus en plus pour laisser la
place à un esprit d'incrédulité, critiquant et rail-
lant les différentes particularités de ces faits, (1) ne
faisant en cela que répéter les propos tenus par cet
esprit d'opposition qui, d'ailleurs, ne se contentait
pas d'attaquer la croyance à ces faits, mais qui

_____

(1) En voici un échantillon : Georges dit qu'il voit la Sainte-
Vierge, disait une personne, et l'on ne voit rien! Il dit que les
anges qui assistent aux apparitions, objectait une autre personnes, sont de différentes grandeurs, et on dit que cela ne
peut pas être, les anges n'ayant pas de corps !

allait jusqu'à en défendre les pélerinages au lieu de l'apparition.

Sous une pareille influence, les pieuses réunions sur la montagne ne pouvaient moins faire que d'aller en diminuant, et leurs adversaires voyaient probablement venir le moment où elles auraient complétement cessé.

*
**

Les choses en étaient là lorsque parut le Précis renfermant l'historique de la première partie de ces apparitions. C'est peut-être ici le lieu de dire dans quelles circonstances cet écrit fut publié. L'auteur du manuscrit qui devait servir à cette publication, après avoir eu un moment le dessein de le livrer à la publicité, avait cru devoir y renoncer, à cause des difficultés et des obstacles qu'elle rencontrait. Joignez à cela la crainte que cette brochure ne reçût pas un accueil favorable, dans un moment surtout où les esprits sont peu portés aux choses surnaturelles, lorsqu'une offre lui fut adressée de le faire publier dans une rédaction convenable et par une plume autorisée, et cela au moment où l'auteur du manuscrit y pensait le moins; il crut devoir accepter cette offre toute fortuite, et le manuscrit révisé fut livré à l'impression.

Cette publication, apparaissant dans une situation comme celle dont nous avons essayé de donner une idée, au moment où les adversaires de ces manifestations se croyaient à la veille de les voir disparaître, ne pouvait moins faire que de recevoir de leur part un accueil des plus défavorables; car comment arrêter une pareille publication? comment paralyser son action? On s'était donné tant de peine pour tenir la lumière sous le boisseau; on avait gardé un prudent silence afin d'empêcher la connaissance de ces faits de se répandre, et voilà que tous ces efforts allaient devenir inutiles! L'on pouvait bien exercer les ressources de son influence sur une paroisse, voir même dans tout le diocèse, mais le moyen d'empêcher cet écrit de porter la nouvelle de ces apparitions en dehors de ces limites? il n'y avait qu'un moyen, c'était d'arriver à mettre cette brochure sous le coup d'un interdit qui, lors même qu'il ne pourrait avoir une certaine influence que dans le diocèse, pourrait néanmoins réagir dans une certaine mesure dans les autres lieux où elle pourrait se répandre, et voici ce qui arriva : on fit un rapport à Mgr l'Évêque de Belley ; on lui présenta cette brochure comme étant une cause de troubles et capable de propager l'erreur et, autre grief, comme ayant paru sans autorisation et sans nom d'auteur. Le vénérable prélat envoya alors à MM. les curés des paroisses environnant les lieux de l'apparition, une lettre concernant cet opuscule, et dont nous n'avons pu savoir au juste la teneur, car il nous a été impossible de nous en procurer une copie, preuve évidente que cette lettre, qui n'était pas une circulaire, mais une simple lettre, n'était pas destinée à la publicité. Voici pourtant ce que nous avons pu recueillir sur son contenu : Monseigneur disait qu'il venait de prendre connaissance d'une brochure intitulée : *Précis sur les apparitions*, *etc. etc.*, sans nom d'auteur, et qu'après avoir pris des renseignements, il ne croyait pas devoir ouvrir une enquête à ce sujet et qu'il réfutait cette brochure, ayant été faite sans son autorisation. On nous a affirmé également que cette missive ne défendait pas de se rendre au lieu des apparitions, mais engageait seulement à ne pas se réunir autour de Georges Carlod. Nous aurons à revenir sur cette lettre afin de bien nous rendre compte de la valeur et de la signification des expressions qu'elle renferme.

A en juger par ce que nous venons de dire, cette lettre, non-seulement ne porte aucune condamnation, mais ne donne pas non plus le moindre blâme, pas plus contre le contenu de la brochure, que contre le fait des apparitions ; si elle réfute la brochure, c'est uniquement parce qu'elle n'a pas été revêtue de l'approbation épiscopale. Voyons maintenant l'effet qu'elle a produit.

**

Il est probable que pour le petit nombre de fidèles qui eut connaissance de la lettre, le mot *réfuter* dut avoir la même signification que *condamner*, et quant à la plus grande partie des populations à qui le contenu de la missive épiscopale ne fut pas communiqué textuellement, le seul fait de la publication d'une lettre à laquelle on donnait le nom de circulaire, et que l'on représentait comme condamnant la brochure et défendant les pélerinages au lieu des apparitions ; le seul fait de cette publication dut être considéré comme une mesure qui défendait la lecture du Précis. Le but des opposants était donc atteint : on voulait sans doute mettre en interdit la brochure, on aurait bien voulu le faire mettre en toutes lettres dans la missive ; mais, telle qu'elle était on pouvait arriver au même résultat, c'est ce que firent à merveille les adversaires de ces faits surnaturels. Il fallait donc arriver à

ceci : se servir de toute son influence sur les
fidèles, afin de bien les confirmer dans la pensée
que cette notice était condamnée, défendue ; mais
aussi, et surtout afin d'arriver à cet autre résultat,
but principal, d'ailleurs, de leurs efforts, qu'il y
avait également défense de se rendre au lieu des
apparitions. Nous ne dirons pas de quels moyens on
se servit pour y arriver, sur la volonté de ceux qui
paraissaient peu disposés à considérer cette défense
comme émanant de l'autorité épiscopale.

Grâce à cette persécution sourde, cachée, silen-
cieuse, une sorte d'esprit de terreur régna dans le
pays au sujet de ces manifestations, et il devait
avoir pour résultat d'empêcher les pèlerins de se
rendre à la montagne, par la crainte d'encourir les
censures de l'Eglise.

Désobéir à son Curé, disaient ces bonnes âmes,
c'est désobéir à l'Eglise. C'est vrai, mais lorsque le
pasteur parle véritablement au nom de l'Eglise et
non dans un but d'intérêt personnel ; car du moment que l'autorité épiscopale ne défendait pas,
mais engageait seulement les fidèles à ne pas se
réunir autour de Georges Carlod (invitation que
nous ne pouvons nous expliquer), pourquoi vouloir
outrepasser les prescriptions de l'Evêque ? Quel

mal faisaient donc ces âmes simples et pieuses se rendant aux apparitions et récitant le Rosaire au pied de Marie, qui, dans sa maternelle bonté, s'unissait à leurs prières, leur donnant ainsi un prix immense ; et ces prières, elles étaient pour le triomphe de l'Eglise, pour le Souverain Pontife et pour la France, ainsi que pour la conversion des grands pécheurs. Qui sait tout le poids que pesaient les supplications de ces âmes croyantes dans la balance de la justice divine pour éloigner les malheurs dont on est menacé ?

Il n'y a qu'un moyen, indiqué par Marie pour arrêter le bras de son Divin Fils, c'est la Prière; et on fait tout ce qu'on peut, on emploie tous les moyens possibles pour l'empêcher !

D'une autre part, que disons-nous dans cette brochure, si ce n'est ce que nous avons entendu raconter et que nous avons vu nous-même ? s'il s'y trouve quelque chose de condamnable, qu'on nous le fasse connaître, mais s'il ne s'y trouve rien de répréhensible, pourquoi alors la défendre ?

*

Nous venons de dire l'effet produit et obtenu au moyen de cette communication épiscopale, il convient maintenant d'en examiner le contenu, afin de bien comprendre et de bien en apprécier la valeur.

Mgr dit d'abord qu'après avoir pris des renseignements, il ne croyait pas devoir ouvrir une enquête; nous n'avons pas à nous occuper de cette question, nous dirons seulement que nous ne doutons nullement qu'une enquête n'eût fourni des renseignements on ne peut plus favorables sur ces faits surnaturels.

Mgr dit ensuite qu'il réfute la brochure ayant été faite sans son autorisation : ainsi ce n'est pas pour son contenu que Mgr rejette la brochure, il n'en est pas question le moins du monde, car il n'y a pas un seul mot de blâme dans sa lettre, pas plus que la moindre apparence de condamnation pour les faits qui y sont relatés. Mgr ne la rejette uniquement que parce qu'elle n'a pas été autorisée. Une observation à faire, c'est qu'il n'y a pas de doute que si cet opuscule eût contenu des erreurs dogmatiques ou un seul mot de contraire à la Doctrine et qui eût été de nature à donner lieu à une condamnation ou à une observation quelque peu sévère, il n'y a pas à douter que Mgr ne l'eût signalé, lors même qu'il n'en aurait pas eu l'intention. MM. les opposants n'auraient pas manqué de l'engager à le faire.

Cette absence de condamnation et de blâme dans la missive concernant les faits racontés dans cette notice, est selon nous la preuve la plus manifeste que ces mêmes faits méritent d'être pris en considération et qu'il n'y a aucun inconvénient à y ajouter foi, et en effet, du moment que rien, absolument rien, ne prouve que ces apparitions soient le résultat de l'erreur ou de l'imposture, il est donc bien évident qu'elles peuvent être véritables ? car jusqu'à présent, tout concourt à prouver leur authenticité ? alors, s'il en est ainsi, quelle grave responsabilité n'encourent pas ceux qui s'opposent, sans aucun motif légitime et sérieux, aux avertissements et à la volonté de cette auguste Vierge ? comment s'expliquer cela, si ce n'est que quand on ferme les yeux et les oreilles, on ne puisse rien voir ni entendre ?

_{*}

Nous pensons avoir suffisamment établi, que la lettre épiscopale ne renferme pas la moindre atteinte, la moindre accusation contre les faits racontés et publiés par cette brochure, quelle est rejetée uniquement parce qu'il n'y a pas eu autorisation préalable, cela étant, voyons si réellement il y avait obligation à demander une autorisation pour publier cette notice ? Non évidemment, cela n'était pas plus nécessaire pour cet opuscule sur les faits surnaturels du Bugey, que pour toutes les publications qui ont paru sur les apparitions de la Salette, de Lourdes et d'autres lieux, publications que les autorités diocésaines ont laissé publier et circuler librement sans s'opposer en rien à leur publication.

D'autre part, lorsque la Très-Sainte Vierge apparut aux bergers de la Salette, elle ne leur dit pas d'aller se faire autoriser pour accomplir la mission qu'elle leur avait confiée; mais elle leur donna l'ordre purement et simplement, de faire passer ses paroles à tout son peuple ; or, l'apparition de la Sainte Vierge à George Carlod ayant beaucoup de rapports avec celle de la Salette, ce que nous venons de dire sur cette apparition s'applique logiquement à celle du Bugey — en outre, si Mélanie et Maximin n'eurent pas besoin d'autorisation pour accomplir leur mission, incontestablement, non seulement George Carlod, dans une position identique, mais encore ceux qui se seront chargés de répéter à leur tour les paroles et de faire connaître tout ce qui a rapport à ces faits surnaturels, soit de la Salette, de Lourdes ou du Bugey, ne doivent pas non plus avoir besoin d'autorisation pour faire connnaitre les paroles de la divine Messagère ? En effet, il paraît tout naturel de penser que le devoir de l'autorité ecclésiastique étant, relativement à ces faits surnaturels, non pas de s'opposer, d'entraver l'action divine, mais seulement de surveiller, afin de s'assurer s'il ne s'y produit rien de contraire à la doctrine de l'Eglise, il est évident alors que, partant de ce principe, que c'est bien la Sainte Vierge qui apparait en Diesse comme elle est apparue à la Salette, elle n'a pas plus besoin de se faire autoriser dans la personne de George Carlod que dans celles de Mélanie et de Maximin ? D'autant plus qu'elle est incapable de se tromper, de rien dire et rien faire de contraire à la doctrine de l'Eglise et que ces témoins eux-mêmes ne peuvent répéter et faire connaître autre chose que ce qui concerne leur mission. La seule condition que l'on puisse demander pour une publication de ce genre, c'est de mettre en tête la déclaration exigée pour de semblables publications par le pape Urbain VIII, et encore non-seulement cela ne doit être exigé, paraît-il, que pour les publications faites par un ecclésiastique et

non par un laïque, n'étant revêtu d'aucune mission
pour enseigner, ni d'aucune responsabilité; mais
encore, si nous ne nous trompons, cette prescrip-
tion, bonne pour l'époque reculée pour laquelle
elle a été faite, ne paraît pas exigible aujourd'hui.
Néanmoins, il n'y avait aucun inconvénient à faire
cette déclaration et nous l'avons faite en tête du
Précis.

* *

Mais non seulement il n'y avait aucune obligation ni aucune nécessité à se faire autoriser pour
publier cette brochure, mais l'eussions-nous deman-
dée, que l'on n'aurait pu nous l'accorder; car
raisonnablement, on ne peut pas donner une autorisation pour une choses emblable sans être suffisamment renseigné et l'autorité épiscopale ne devant
pas avoir tous les renseignements nécessaires pour
cela, puisqu'il n'y avait pas eu d'enquête, et que
d'autre part, les renseignements qu'elle aurait dû
se procurer pour cela devant nécessairement être
pris dans l'ordre hiérarchique, ne pouvaient être
fournis que par des personnes opposées à ces manifestations.

Les évêques de Grenoble et de Tarbes ont mis
quatre ou cinq ans avant de se déterminer à approu-

ver les faits surnaturels accomplis soit à la Salette et à Lourdes ; évidemment, il n'y a pas à douter que si l'on était allé leur demander une autorisation pour publier ces faits, ils n'auraient pu l'accorder, ne se trouvant pas encore suffisammens éclairés sur ces graves questions.

Aussi bien, comme nous l'avons déjà dit, ceux qui précédemment ont écrit et fait paraître des publications de ce genre, n'ont pas cherché à se faire autoriser, n'en ayant nullement besoin. Disons aussi que, pour arriver à être suffisamment édifié sur un fait quelconque, il est nécessaire que ce fait soit discuté. Ne peut-on pas dire également que pour les faits dont nous parlons, il doit être utile et même nécessaire qu'il y ait discussion et examen, afin d'arriver à ce but ?

Nous croyons avoir suffisamment démontré que cette autorisation non-seulement n'était pas nécessaire, mais qu'elle n'était pas même possible ; mais alors comment se fait-il que l'on donne comme raison des attaques dont cette brochure a été l'objet, un prétexte aussi futile que le manque d'autorisation, alors que l'on savait fort bien que l'on ne voulait ni ne pouvait l'accorder ? Comment expliquer cela ? si ce n'est encore par ce seul fait que ce grief était consigné dans le rapport ?

Comme il a été dit plus haut, on a présenté à Mgr cette brochure comme étant une cause de troubles. Faisons d'abord observer que cette accusation de troubler les populations avait été portée contre Notre-Seigneur lui-même par la nation juive, et ainsi que contre ses apôtres, et contre tous ceux qui ont voulu prêcher l'Évangile, comme on dit, à temps et à contre-temps, ne craignant pas de troubler les populations, afin de les faire sortir de leur apathie ; de nos jours encore, cette même accusation a été portée non-seulement contre les apparitions de la Salette et de Lourdes, mais aussi contre toutes les manifestations qui se sont produites dans ces derniers temps et qui se produisent encore actuellement ; il n'y a pas jusqu'au vénérable curé d'Ars que l'on ait aussi accusé d'être une cause de troubles et peut-être bien aussi par ceux-là mêmes qui aujourd'hui portent cette même accusation contre cette brochure. Cette accusation d'être une cause de troubles ne pouvait donc manquer d'être portée contre les manifestations du Bugey,

ainsi que contre tout ce qui pouvait servir à en
publier la nouvelle. Faisons même observer ceci :
que c'est cette même accusation de troubler les
populations qui a servi de prétexte au rapport présenté à Mgr contre ce précis. Voici d'ailleurs en
quoi consistent ces troubles : c'est en ce sens qu'il
dérange les populations de leurs paroisses en les
portant à se rendre au lieu des apparitions ! Ainsi,
c'est tout simplement un dérangement de paroissiens, quittant momentanément leurs paroisses pour
se rendre en un autre lieu pour prier ! A prendre la
chose du bon côté, on peut considérer cette accusation de troubles, produite par un amour de clo-
cher porté à l'extrême. C'est sans doute une bien
belle chose que l'amour de la paroisse, cet amour
qui fait du pasteur et de son troupeau une véritable
famille, dont tous les membres sont unis par les
mêmes liens de charité; mais lorsqu'il est porté à
l'extrême, l'égoïsme s'en mêle et ne craint pas de
couper les ailes de ce bel ange de charité, afin de
l'empêcher de s'envoler sur les hauts lieux !

On pourrait croire que ces voyages pieux sont la
cause de troubles, c'est-à-dire de discussions, de
querelles occasionnées par un zèle trop ardent, il
n'en est rien; c'est tout le contraire qui se passe,

car les croyants, se trouvant en petit nombre, ne cherchent pas à faire connaître lorsqu'ils se rendent au lieu de l'apparition, afin d'éviter les railleries et les sarcasmes de leurs adversaires, autrement plus nombreux. Loin de là, ils s'y rendent discrètement, furtivement même, reviennent de même. Pour ce qui est de leur séjour sur la Montagne, le jour où il y a apparition (c'était dans le temps où ces pélérinages avaient toute leur liberté d'action!) chacun arrivait de son côté par famille, attendant tranquillement que l'on commençât la récitation du Rosaire, et lorsque la manifestation divine était terminée et que l'on avait recueilli de la bouche du Voyant les communications faites par l'auguste Vierge, les uns s'en allaient paisiblement, les autres s'asseyaient sur l'herbe et prenaient leur repas, et voilà ce que l'on a appelé des troubles! et ce sont ces réunions de personnes venues de différents points et priant pour l'Église, pour la France, pour tous enfin, qui ont servi de base à tout cet échafaudage d'accusations et de persécutions, contre ces manifestations, ainsi que contre ceux qui s'y rendaient dans un but de piété! Que serait-ce donc s'il se formait dans ces contrées des pélérinages composés de plusieurs milliers de personnes, semblables à ceux qui ont traversé la France ces derniers temps!

Disons en passant qu'il ne faut pas considérer ces réunions comme le résultat de la publication du précis qui n'a commencé à être livré au public que dans le courant du mois de novembre 1874, et entre ce moment et celui où a paru la lettre épiscopale, c'est-à-dire vers la fin de février, il n'y a qu'une seule apparition publique, celle du 8 décembre, car le 2 février, George étant retenu chez lui par les suites de sa chute, ne put se rendre sur la Montagne et il n'y en a pas eu d'autres dans cet intervalle; mais finissons-en avec ces troubles, qui, s'ils existent quelque part, sont bien certainement dans le cerveau et l'imagination de ceux qui les ont inventés!

⋆

Passons maintenant à une autre accusation faite par les opposants contre cette brochure, accusation qui va de pair avec celle des troubles, car elle en a bien vraiment la même gravité! c'est celle de propager l'erreur !... Nous parlons au singulier parce qu'on a pas jugé, ou plutôt pas trouvé d'autres erreurs dans le précis. Disons donc que cette erreur que propage cet opuscule, ce sont les trois jours de ténèbres annoncés par le Voyant, lors de l'apparition du 8 septembre 1873 ! Le lecteur, un peu au courant des faits surnaturels de notre époque, sait que cette prophétie a été annoncée depuis longtemps, notamment par la vénérable Anna-Maria Taïgi, la bergère de la Salette et qu'elle existe dans plusieurs autres révélations.

Il ne serait pas difficile de démontrer qu'il n'y a aucunement besoin d'avoir recours aux prophéties pour croire à ces trois jours de ténèbres et à leur réalisation dans un avenir plus ou moins prochain; il suffit pour cela d'avoir foi dans cette promesse formelle et réitérée d'un prochain et éclatant triomphe de l'Église ; car comment comprendre ce triomphe , alors qu'humainement parlant elle semble devoir bientôt succomber sous les coups de ses ennemis, aussi nombreux que puissants? comment expliquer un tel triomphe sans admettre la possibilité d'un cataclysme quelconque, inattendu, ou de quelque châtiment terrible dans lequel les ennemis de Dieu et de son Église disparaîtront?

Néanmoins, pour répondre à cette accusation de propager l'erreur, nous croyons qu'il sera suffisant

de citer un passage du Père Calixte, auteur d'une
vie de la vénérable Anna-Maria Taïgi. Voici ce
passage :

« L'auteur d'une autre vie d'Anna-Maria, dit le
« Père Calixte, a l'air de s'étonner que nous parlions
« à nos lecteurs des ténèbres et autres événements
« extraordinaires rapportés ci-dessus, et dont l'an-
« nonce est attribuée à Anna-Maria. Nous pourrions
« nous contenter de répondre que notre seconde
« édition, qui déjà les citait, a été *examinée atten-*
« *tivement à Rome, et trouvée conforme en tout*
« *aux procès apostoliques, plus complète et plus*
« *exacte que nulle autre des vies de la vénérable.* »
Messieurs les opposants auraient-ils la prétention
d'être plus éclairés et surtout plus autorisés que les
théologiens de Rome ?

*

Nous achèverons ici l'analyse de la missive épiscopale en répondant à l'acusation d'avoir publié
cette brochure sans nom d'auteur, et pour cela
nous ferons observer que cet opuscule était en
quelque sorte une œuvre collective résultant de
renseignements fournis par plusieurs personnes,
et mis en ordre par une d'elles, qui s'était chargée

de s'assurer de l'exactitude de ces récits ainsi que de cette publication ; d'ailleurs, cette même personne qui s'était ainsi déclarée l'auteur responsable de cet écrit, avait remis à M. le Curé de... son nom, ainsi que l'indication du lieu de sa demeure, afin de le faire parvenir à Monseigneur. Ne l'aurait-on pas remis ? nous l'ignorons.

Nous sommes obligés de terminer ici ce travail entrepris dans le seul but de justifier la publication du précis, ainsi que ceux qui ont participé à sa rédaction, des accusations fausses, calomnieuses et sans fondements dont on l'avait chargé ; d'ailleurs, nous croyons avoir suffisamment démontré la nullité de ces accusations, ainsi que la situation faite à ces apparitions par ses adversaires, et la part de responsabilité qui leur en revient d'avoir détourné les populations de ces pélerinages, ainsi que de ces réunions de prières sollicitées, demandées depuis si longtemps par l'auguste Mère de Dieu et des hommes.

Nous aurions aussi désiré pouvoir faire suivre ce travail de quelques réflexions sur les motifs de notre foi à ces faits surnaturels et dire quelques mots sur

le vénérable vieillard choisi par la Très-Sainte-
Vierge, ou plutôt par Dieu lui-même, pour nous
donner un dernier avertissement avant de nous
frapper. Nous aurions voulu surtout montrer ce
pauvre septuagénaire si éprouvé depuis le commencement de ses manifestations, passant d'épreuve en
épreuve de plus en plus douloureuses pour arriver
enfin au moment où croyant pouvoir jouir d'un peu
de repos et de tranquillité, se trouver, au contraire,
dans la situation la plus pénible et la plus triste de
sa vie; et néanmoins n'ayant, au milieu de toutes
ses épreuves, que des paroles de résignation et de
paix. Oui, cela aurait été un bonheur pour nous, de
dépeindre ce pauvre souffreteux, contre qui on a
lancé les calomnies les plus odieuses et les plus
absurdes, rebuté et pour ainsi dire le dernier de
tous; et pourtant choisi par la divine Miséricorde
pour être l'avocat chargé de plaider et de solliciter
le pardon de la pauvre humanité ! Il aurait fallu,
pour un tel récit, une plume comme celle qui a si
bien décrit Bernadette ; priant, elle aussi pour les
pécheurs, pour montrer cet humble vieillard
oubliant ces propres souffrances, suppliant et
demandant le pardon de la France; car il y a une
chose qui est bien à remarquer dans ces manifesta-

tions, c'est que souvent l'auguste Vierge lui apparait lorsqu'il est seul ; et alors il ne fait pas connaitre ces visions, il n'en parle pas et ce n'est qu'en le pressant de questions et encore à la faveur de certaines circonstances que l'on a pu avoir connaissance d'un certain nombre. D'ailleurs c'est à lui seul et pour lui seul qu'elle apparaît, c'est à lui seul qu'elle fait part de ses douleurs et de ses tristesses et à qui elle demande des prières, des supplications pour obtenir le pardon et la conversion des pêcheurs, ainsi que pour notre malheureuse patrie; car on l'a entendu plusieurs fois dans les apparitions publiques, et on a pu saisir des mots entrecoupés, tels que ceux-ci : «Pauvre France !... Ah oui... elle est bien coupable !... Pardonnez lui... Attendez! attendez encore !... Qui pourrait dire de quel poids ont été ces supplications et ces prières dans le retard apporté à l'heure de la justice divine, afin de donner le temps aux pêcheurs de se convertir, et à la France d'obtenir pardon et miséricorde par un sincère retour à Dieu ?...

PRÉFACE

—◇◇◇—

Le temps ayant manqué pour donner au précédent travail un peu plus d'étendue, il en est de même pour la continuation de ces récits, et nous oblige à les publier à peu près tels qu'ils ont été recueillis à la suite des apparitions; toutefois, ce qu'ils n'auront pas acquis en matière littéraire, ils le retrouveront sous le rapport de l'exactitude et de la vérité, conditions essentielles dans un travail traitant de choses surnaturelles, car tel mot ou tel passage qu'on aurait cru pouvoir sacrifier sans aucun dommage réel, au point de vue humain, aux exigences du style, et qui néanmoins pourrait avoir une valeur sérieuse sous le rapport surnaturel, sera ainsi conservé dans le récit.

PRECIS

DES

APPARITIONS DE LA SAINTE-VIERGE

A GEORGES CARLOD

DEUXIÈME PARTIE

Comprenant les Apparitions arrivées depuis le 2 mai 1874 jusqu'en novembre 1875.

IL

Le 2 mai 1874, il y eut apparition à l'occasion de la fête de l'invention de la Sainte-Croix ; les années précédentes elle avait eu lieu le jour de la fête mais cette fois, comme elle tombait un dimanche, Georges s'était rendu la veille sur la montagne, la Sainte-Vierge n'apparaissant pas les jours de fêtes chômées à cause des offices ; trois personnes seulement assistaient à cette apparition, dont deux du voisinage de Georges et une venue de loin.

On se mit à réciter le rosaire selon l'usage, arrivé à la septième dizaine, le Voyant signala l'apparition en baisant la terre; l'on continua la récitation du rosaire jusqu'à la fin du deuxième chapelet; puis on récite les Litanies et le Souvenez-vous, alors le Voyant entra en communication avec la Sainte-Vierge.

Après que Georges eut annoncé le départ de la Mère de Dieu, il dit qu'il y aurait trois grandes villes qui seraient bien affligées, et ailleurs que ce serait par la famine, mais par province que toute l'Europe serait bien affligée et bouleversée, que le Saint-Père serait rétabli dans ses droits plutôt qu'on ne le pense; puis elle a ajouté : « Je pense qu'on s'occupera de ma chapelle. » La Sainte-Vierge était habillée d'un vêtement couleur gris noir; elle tenait une croix blanche de la main droite et un large scapulaire de la main gauche, il y avait une quinzaine d'anges habillés de blanc, quelques-uns avaient une ceinture bleue.

L

La veille de l'Ascension il y eut apparition comme les années précédentes, la Sainte-Vierge

a fait à peu près les mêmes recommandations :
la Prière, la Sanctification du dimanche, etc.
Elle a dit qu'elle protégerait la France, mais elle
nous fait aussi une plainte : *on ne prie pas assez,*
nous dit cette bonne Mère, *si la France périt
c'est son orgueil qui la perd.* Elle a prédit bien
des maux, surtout pour l'Italie, la Suisse et la
Prusse ; que d'ici à deux ans il y aura une grande
famine et de grandes inondations, que cette
année la récolte était bien en danger, mais que
par la prière et en pratiquant l'humilité nous
serions protégés. L'auguste Vierge a aussi
annoncé que sous peu le Saint-Père serait rétabli dans ses droits, que bientôt la France aurait
un souverain bien pieux, que les impies, les
incrédules, les profanateurs du saint jour du
dimanche et les avares seront sévèrement
punis, que ceux qui disent qu'il n'y a point de
Dieu et point de Sainte-Vierge verront bientôt
s'il n'y en a point ; que l'Italie, la Suisse et la
Prusse auront à souffrir à cause de la persécution (1). Elle dit aussi qu'il s'opèrera encore

---

(1) Sans doute la persécution que l'on fait subir aux catho-
liques.

beaucoup de guérison, avec l'herbe de la montagne.

La Sainte-Vierge était vêtue en rose et, comme d'habitude tenait une croix blanche de la main droite avec un grand chapelet passé au bras et un scapulaire de la main gauche. Il y avait comme les précédentes fois Saint-Joseph et le même nombre d'anges, mais le curé défunt n'y était plus. La Sainte-Vierge paraissait contente, il y aura apparition la veille de la Pentecôte.

LI

Le 23 mai, veille de la Pentecôte, la très-Sainte-Vierge est apparue, accompagnée comme toujours, de Saint-Joseph et des anges. Elle avait le même vêtement que la dernière fois, de couleur rose; elle tenait une croix blanche, un chapelet et un scapulaire. Elle recommande encore la prière; que si l'on priait comme les Apôtres dans le Cénacle, on recevrait le Saint-Esprit; elle dit aussi de prier pour les enfants qui ne respectent pas leurs parents; puis elle a annoncé que d'ici à deux ans on aurait de grands tremblements de terre et des éclairs qui seront de trois couleurs différentes, couleur de feu, couleur de sang et couleur noire ; que les plus hardis en seront bien effrayés et trembleront. Elle a dit aussi que les avares qui repoussent la main du pauvre et ceux qui gardent le bien d'autrui n'entreront jamais dans le ciel. La Sainte-Vierge est restée environ vingt minutes.

LII

Le 4 juin, jour de la Fête-Dieu, Georges s'étant rendu sur la montagne, la Sainte-Vierge lui apparut ; les détails que nous avons de cette apparition nous sont transmis par une lettre du Voyant à sa sœur, il parait du reste qu'il était seul ; voici ce qu'il dit dans sa lettre :

Chatonnax, le 6 juin 1875.

Chère Sœur,

J'ai eu le bonheur de voir notre bonne mère le quatre courant, jour de la Fête-Dieu. Elle m'a dit qu'il fallait prier plus que jamais, et que les évènements qu'elle avait prédit arriveront d'ici à deux ans.

La même clarté qui s'est présentée à mes yeux le jour de la première apparition (18 mai 1871), s'est encore présentée dans cette dernière.

Chaque jour il y a du monde qui vient pour prier sur la montagne; tu peux faire part de cette lettre à toutes les connaissances ; rien autre à te dire pour le moment.....

Ton frère, Carlod.

LIII

Le 2 juillet, fête de la Visitation, la Sainte-Vierge est apparue à Georges, accompagnée, comme d'habitude de Saint-Joseph et d'une troupe d'anges; il y avait à sa droite une grande croix blanche de la hauteur d'un homme; elle recommande toujours la prière, de prier pour les blasphémateurs et les pécheurs; la Sainte-Vierge dit aussi que les hommes seront atteints de plaies, mais que la prière peut nous les faire éviter; Marie nous dit aussi de demander et qu'on recevra, de frapper et qu'on nous ouvrira, que Jésus, son divin fils, ne punit qu'à regret, qu'il faut prier pour faire plaisir à son Sacré-Cœur et désarmer son courroux, que lui aussi a béni l'herbe du coteau et avec sa bénédiction il lui a donné une vertu particulière pour nos malades.

L'auguste Mère a dit également au Voyant qu'à la prochaine apparition il verrait une étoile ; il a demandé ce qu'elle signifierait, et la Sainte-Vierge lui a répondu : « Je vous le dirai.»

LIV

16 juillet, fête de Notre-Dame du Saint-Scapulaire.

A cette apparition on a récité, selon l'usage, le Rosaire, et pendant que l'on récitait la huitième dizaine, le Voyant donna le signal de la présence de la Sainte-Vierge ; on récita ensuite les Litanies, puis Georges demanda trois Pater et Ave pour la conversion des grands pécheurs et après il est entré en communication avec notre Bonne Mère, qui ensuite a béni les objets de piété qu'on lui a présentés, bénissant en même temps les assistants (ce que la Sainte-Vierge fait d'ailleurs ordinairement); puis elle demanda, par l'entremise de Georges, que l'on chanta le Magnificat, le Salve Regina et le Miserere, puis Georges signala son départ en baisant de nouveau la terre.

La Sainte-Vierge était habillée de rose (comme aux dernières fois); elle était bien souriante, il y avait la grande croix à sa droite et une étoile bien brillante à sa gauche (1). Le Voyant lui a demandé l'explication de cette croix ainsi que de l'étoile. Elle lui a répondu qu'elle la donnerais plus tard, selon ce que l'on penserait de ces choses.

LV

La veille de l'Assomption, environ quatre-vingts personnes firent l'ascension de la Montagne, on se mit en prière sur les onze heures.

---

(1) Cette étoile apparaissait au-dessous de la main gauche de la statue, élevée sur les lieux de l'apparition par les soins du curé défunt, sur l'emplacement d'un peuplier devant lequel se plaçait la Sainte-Vierge et où elle continue de se placer dans ses apparitions.

la très-Sainte-Vierge est apparue à Georges,
vêtue de blanc, accompagnée de Saint-Joseph et
des anges; il y en avait surtout deux plus grands
que les autres qui soutenaient une couronne au-
dessus de leur Bienheureuse Reine, la très-
Sainte-Vierge nous recommande toujours la
prière afin de recevoir les grâces qu'elle nous
prépare; elle a dit aussi au Voyant que l'étoile
qu'il avait vue aux dernières apparitions comme
suspendue sous la main gauche de la statue,
représente la France qui était bien brillante lorsqu'elle lui fut consacrée par un roi très-pieux,
mais qui maintenant est bien petite : « *La
France,* a-t-elle ajouté, *a bien besoin de prières;
il faut prier, je ne l'abandonnerais pas.* » Il faut
prier aussi pour apaiser la colère de Dieu, dont
elle ne peut plus retenir le bras, pour un péché
qui règne maintenant partout qui est l'adultère.

La grande croix qui parait à sa droite signifie
qu'il faut que chacun porte sa croix d'une manière ou d'une autre.

Notre Bonne Mère s'est plaint aussi de ceux
qui craignent de faire connaître les grâces

de guérisons qu'elle daigne leur accorder : « *Il
y a eu*, nous dit-elle, *il y a eu des guérisons qui
ne sont pas déclarées, il semble que l'on a honte
de les déclarer, et cependant, je n'ai pas honte de
les faire.* »

LVI

Nous voici arrivés à l'apparition du 8 septembre : La Sainte-Vierge s'est montrée au Voyant
habillée de blanc comme la veille de l'Assomption. Elle a fait un reproche concernant beaucoup de pèlerins qni se rendent à ses apparitions sans chapelets, que cela lui déplaisait beaucoup, que le chapelet était la prière qu'elle
aimait le mieux, ainsi que le *Magnificat*, les
Litanies et le *Salve Regina*. La Sainte-Vierge
nous demande encore beaucoup de prières,
se plaignant qu'on ne prie pas assez, et ajoutant
« *qu'il y en a les trois quarts qui ne prient pas.* »
Elle a dit aussi que le Saint-Père serait bientôt
rétabli dans ses droits, mais que ce ne sera pas
par les hommes, mais que ce serait Dieu qui le
replacerait.

Notre Bonne Mère a dit également au Voyant
que Notre-Seigneur Jésus-Christ nous menace
de la fin du monde, qu'elle est plus proche qu'on
ne le pense ; que les incrédules qui disent qu'il
n'y a point de Dieu et point de Sainte-Vierge
verront bien alors s'il n'y en a point ; que ce sera
terrible, que ce ne sera pas un déluge d'eau,
mais un déluge de feu et de flammes, que Notre-
Seigneur-Jésus-Christ viendra sur les nuées et
appellera les élus.

La Sainte-Vierge nous recommande encore
de prier beaucoup pour apaiser le bras de son
divin Fils.

LVII

La veille de la Toussaint, Georges Carlod se
rendit, comme les années précédentes, sur la
montagne, le temps était beau ; on se mit en
prière et on commença à réciter le Rosaire, il
était onze heures, sur la fin de la septième dizaine
le Voyant baisa la terre, ce que firent également
ment tous les assistants, et dit: Nous sommes

en la présence de la Sainte-Vierge (1). On continua le Rosaire jusqu'à la fin du deuxième chapelet; puis on récita les Litanies de la Sainte Vierge qui furent suivies du Souvenez-vous, le Voyant dit alors de réciter trois *Pater* et *Ave* pour les intentions des personnes présentes, puis il entra en communication avec la Bienheureuse Vierge.

Avant d'aller plus loin, nous devons dire quelques mots nécessaires pour l'intelligence de ce qui va suivre: Une dame du pays ainsi qu'une autre personne des environs avaient eu chacune la pensée de demander à Georges de prier la Sainte Vierge de vouloir bien toucher quelques objets de piété qu'elles avaient apportés pour les faire bénir par la Sainte Vierge, il leur répondit qu'il lui ferait part de leur demande.

Le Voyant, après s'être entretenu quelques

---

(1) Dans une des dernières apparitions, des personnes étrangères, ignorant que Georges baisait la terre au moment où la Sainte-Vierge se montrait à lui, ne s'aperçurent de l'apparition que lorsqu'il annonça la fin de la vision; c'est probablement à cause de cela qu'il annonce maintenant de vive voix l'arrivée de la divine Messagère.

instants avec l'auguste Vierge, se tourna vers l'assistance et dit : Donnez-moi vos chapelets et ce que vous avez à faire bénir ; et chacun lui mit dans les mains les différents objets apportés ; on vit alors ce bon vieillard se lever de son mieux, ayant les mains embarassées et faisant deux pas en avant présenter avec respect ces objets à la Reine de tous les Saints, puis venir se mettre à genoux après avoir fait une génuflexion devant l'auguste Mère de Dieu ; à ce moment, comme on doit le penser, une certaine émotion mêlée à un sentiment d'admiration parcourut l'assemblée dont la plus grande partie ignorait ce qui avait été convenu avec le Voyant.

Voici ce que Georges raconta au sujet de cette bénédiction ; il avait dit à la Ste Vierge : Bonne Mère, il y a des personnes ici présentes qui désirent que vous daignez toucher des objets de piété qu'elles ont apportés à faire bénir ; à cette demande, l'auguste Mère sourit et dit : « *Qu'on me les présente,* » et avançant son bras qui reposait sur la grande croix placée à sa droite (et qui apparait depuis quelques apparitions,) tou-

cha avec trois doigts ces divers objets de piété ;
c'était la première fois qu'une semblable demande lui était adressée.

Georges s'étant donc remis à genoux, fit réciter trois *Pater* et *Ave* pour les malades ainsi
que pour les intentions des pèlerins, et, ayant
annoncé le départ de l'auguste Reine des Cieux,
il se leva de nouveau et fit part des paroles et des
recommandations de la Sainte Vierge.

Comme toujours notre bonne Mère nous demande la prière, de prier beaucoup, qu'il fallait
redoubler de prières; qu'il y aurait des maladies
contagieuses dans certaines contrées de la France,
mais plus encore en Prusse, en Suisse et
en Italie; puis elle a raconté, ajoute le Voyant,
qu'il y a environ six semaines qu'il est mort un
des plus grands et des plus puissants proprié-
taires de France, un des plus grands en richesse
ainsi qu'en avarice, qu'il avait plus de quinze
fermiers, que l'année dernière, trois de ces fermiers n'avaient pu le payer, et que cette année,
il avait fait saisir leurs récoltes, et que les siennes
étaient en si grande abondance, qu'il avait l'in-

tention de faire bâtir des maisons, ne pouvant
pas loger tout ce qu'il avait récolté; lorsque
Dieu lui apparut pendant la nuit et lui dit :
Malheureux ! tu n'as plus besoin de maisons, car
cette nuit même tu mourras et ton âme sera
plongée au milieu des flammes de l'enfer pour
ton avarice; et il mourut en effet et il fut préci-
pité en enfer pour son avarice ; Georges tremblait
en nous racontant cette histoire, tant il en était
impressionné.

La Sainte Vierge dit aussi que c'était l'avarice, l'orgueil et l'incrédulité qui faisaient le
plus de mal en France, que l'on oubliait de
pratiquer la charité, ce qui était le plus nécessaire, que l'on pouvait faire l'aumône par la
prière quand on n'avait pas les moyens de la faire
autrement, notre bonne Mère nous dit également
ment que pour les demandes qu'on avait à lui
faire, que l'on pouvait s'adresser directement à
elle. Elle recommande aussi de bien prier sainte
Philomène, qu'elle était bien puissante dans le
ciel (1).

_____

(1). Des personnes étant allé rendre visite à Georges quelque

A cette apparition Marie avait une robe blanche et une ceinture bleue et verte, elle était accompagnée, comme les autres fois, de saint Joseph et du même nombre d'anges, c'est-à-dire de trente-six ; sa présence sur la montagne a duré un quart-d'heure.

LVIII

Le 8 décembre, 50 à 60 pèlerins firent l'ascension de la montagne ; il faisait assez froid, mais un radieux soleil réchauffait l'atmosphère ; on attendit jusqu'à onze heures afin de donner le temps d'arriver aux pèlerins venant de loin. On se mit alors en prière ; le Voyant signala le commencement de la vision à la septième dizaine

---

temps après cette apparition, le questionnaient sur les communications qui lui avaient été faites par la Sainte-Vierge à cette occasion ; entr'autres choses, le Voyant leur parla du vénérable curé d'Ars, disant qu'il était un des Saints les plus puissants dans le ciel, on présume que l'auguste Vierge en lui parlant de Sainte Philomène, lui aura également parlé de ce saint Prêtre et que c'est sans doute dans cette circonstance qu'elle aura dit e s paroles rapportées par Georges et que nous donnons textuellement « *de bien prier Monsieur le curé d'Ars pour la conversion des pêcheurs.* »

du Rosaire, il était alors onze heures et quart, cette dizaine dite, on récita les Litanies de la Sainte Vierge, ensuite le Souvenez-vous, puis Georges demanda trois *Pater* et *Ave* pour les malades, ensuite il dit de chanter le *Magnificat* le *Miserere* qui fut suivi de la récitation du *De Profundis* pour les âmes du Purgatoire. (Georges nous dit plus tard que la Sainte Vierge s'était unie aux pèlerins pour chanter le *Magnificat* et le *Miserere*), après cela, le Voyant est entré en communication avec la Sainte Vierge, lui a présenté les lettres et les différentes suppliques qui lui étaient adressées.

Pendant qu'il s'entretenait avec l'immaculée Vierge. On l'entendit prononcer à mi-voix et d'un ton très-pénétré, ces mots: Pauvre France! elle est bien coupable,... pardonnez-lui,... les événements sont très-proches... plus qu'on ne le pense... ils disent qu'il n'y a point de Dieu et de Sainte-Vierge... Puis après quelques instants de silence il se tourna vers l'assistance et demanda les objets que l'on voulait faire toucher et bénir à la Sainte Vierge, et se levant, il les présenta respectueusement à la bonne Mère, en faisant un pas en avant; il les présenta à plusieurs reprises, à cause de leur quantité, ensuite s'étant remis à genoux, il demanda trois *Pater* et *Ave* pour les grands pécheurs.

Voici les communications transmises par le Voyant après le départ de la Vierge immaculée : Qu'il faut prier et prier beaucoup pour la France, qu'elle avait péché grandement; qu'il fallait aussi beaucoup prier et jeûner, ceux qui le pourront, pour la conversion des grands pécheurs; que voilà plusieurs siècles qu'elle protége la France et qu'elle en a fait son peuple chéri, et si ses enfants ne l'abandonnent pas, elle ne les abandonnera pas non plus. Elle recommande aussi de bien conserver la foi de nos pères, elle annonce que dans le courant de 1875 il arrivera de grands événements, puis elle a ajouté qu'il y aurait encore beaucoup de guérisons opérées par les infusions de l'herbe de la montagne.

A cette apparition, la très Sainte-Vierge était accompagnée, comme les autres fois, de Saint Joseph et de trente-six anges vêtus de blanc et

ceintures bleues et en outre deux plus grands
que les autres.

Des pèlerins ayant questionné le Voyant sur
la Sainte Vierge, il a répondu qu'elle paraissait
contente; puis il a annoncé qu'elle apparaitrait
le 2 février.

LIX

Vers le milieu du mois de janvier, un bien
fâcheux accident, qui heureusement n'eut pas de
suite grave, arriva à Georges: étant occupé à
rentrer de la paille dans le grenier de sa maison, son pied glissa et il tomba d'une hauteur
de six à huit mètres; sa chûte fut telle qu'il
resta sans mouvement; aux cris de sa sœur,
tout le voisinage accourut, et on s'empressa de
lui donner tous les soins que réclamait le triste
état où il se trouvait. On le porta sur son lit où
il resta douze à treize jours sans pouvoir bouger;
il ne parait pas cependant qu'il ait eu rien de
fracturé ni aucune lésion à l'intérieur. Chacun
s'accorde à reconnaître que la Sainte Vierge l'a
protégé dans cette chûte qui aurait pu être

beaucoup plus grave, surtout à un âge comme
celui de Georges. A l'approche du 2 février, il
put commencer à se lever et à s'asseoir auprès
de son feu, mais une chose qui était pour lui un
grand sujet de peine, c'était la pensée de ne pouvoir se rendre sur la montagne le jour de la fête
de la Chandeleur.

Le 2 février venu, en voyant arriver les pèlerins pour assister à l'apparition qu'il avait
annoncée, il les engagea à se rendre au lieu
de l'apparition et à y faire les prières d'usage,
auxquelles, de son côté, il s'unirait également.
On se rendit donc sur la montagne, il y avait
environ soixante à quatre-vingts personnes,
on commença le Rosaire sur les onze heures,
ainsi qu'il avait été convenu avec le Voyant;
après le Rosaire on récita les litanies ainsi que
les autres prières que l'on faisait habituellement
aux autres apparitions, mais il faut bien dire
qu'on éprouvait comme un froid, comme un vide;
on sentait qu'il manquait quelque chose. Georges
de son côté, s'unissait aux prières des pèlerins;
une respectable dame de l'endroit qui s'était

sentie prise de faiblesse en se rendant au lieu de l'apparition était revenue sur ses pas et s'était rendue chez Georges afin de s'unir à ses prières, ne pouvant assister à celles qui se faisaient sur la montagne; elle le trouva levé et assis près de son feu.

Le moment venu, c'est-à-dire vers les onze heures, cette dame, s'étant mise à genoux, récita le Rosaire auquel Georges et sa sœur répondaient; le Rosaire achevé, elle récita les Litanies de la Sainte Vierge, elle en avait déjà dit la majeure partie, lorsque le Voyant se mit à dire: Nous sommes en la présence de la Sainte Vierge! Elle est là!.,. En entendant ces mots, cette bonne dame ne put vaincre son émotion, ainsi que la sœur de Georges; ce dernier leur dit: ne pleurez pas, mais achevez les litanies; l'auguste Vierge, la Mère de toute consolation lui apparaissait à sa droite, à deux pas de la porte, accompagnée de Saint Joseph et d'une troupe d'anges.

Lorsque les litanies furent achevées, le Voyant entra en communication avec la Sainte

Vierge « l'entretien dura un peu longtemps, nous raconta plus tard Madame B.. » Elle entendit néanmoins le Voyant prier Marie de vouloir bien bénir des objets de piété que l'on avait déposés sur son lit, ainsi que les pèlerins qui étaient sur la montagne ; au moment où la bonne Mère donna cette bénédiction, le Voyant fit un signe de Croix, puis il annonça son départ par ces mots : La Sainte Vierge nous quitte.

Lorsque les pèlerins furent de retour de leur ascension, quelques-uns d'entr'eux se rendirent chez Georges ; ce fut pour eux une nouvelle bien consolante et bien agréable d'apprendre que la Très-Sainte Vierge avait daigné apparaitre à Georges dans sa pauvre et obscure maison, mais aussi consolation mêlée de regret de n'être pas resté chez le Voyant afin de partager avec lui la joie de sa présence. Quant à Georges, il paraissait bien ému et bien touché de voir que la Reine du ciel avait daigné visiter son pauvre serviteur, hors d'état de se rendre au lieu de ses apparitions.

Georges ayant raconté aux pèlerins ce qui

s'était passé, leur fit part des communications de la Sainte-Vierge: comme toujours elle recommande la Prière, de prier beaucoup pour la France, qu'elle est bien malade et dans un triste état, de prier aussi pour les pécheurs et principalement pour la conversion des orgueilleux et des avares, que ces deux vices ne sont pas séparés, de prier aussi pour les âmes du Purgatoire délaissées; elle lui a également parlé de la dernière récolte qui a été abondante en toute sorte. « *Vous annoncerez*, a-t-elle ajouté, *que l'on n'en* « *mésuse pas, vous pourrez en avoir besoin à la* « *fin de cette année et dans le courant de 1876.* » Elle annonce également qu'il y aura beaucoup de maladies suivies de morts, que l'on aura encore dans le courant de ces deux années des inondations et de la grêle mais par contrées, qu'il fallait prier beaucoup Notre-Seigneur afin qu'il abaisse son bras, et qu'elle ferait tout ce qu'elle pourrait pour la France; la bonne Mère dit aussi qu'il y aura encore beaucoup de guérisons, mais de prier avec foi et grande confiance, puis elle finit en recommandant de nouveau la prière.

Elle reparaitra pour le 25 mars. Dans cette apparition, la Sainte Vierge était vêtue de blanc et tenait une croix blanche de la main droite avec un grand chapelet passé au bras et un scapulaire de l'autre main; Georges a remarqué que Saint Joseph était bien souriant.

LX

Le 25 mars il y eut apparition comme le Voyant l'avait annoncé. La persécution suscitée contre ces divines manifestations était en pleine vigueur : aussi il dut falloir un certain courage au bon Georges pour passer outre à la défense qui lui fut faite alors de se rendre sur la montagne: « Vous ne pouvez pas m'en empêcher, répondait-il, du reste je ne force personne à y aller. » Aussi, comme on doit le penser, quelques personnes seulement assistaient à cette apparition par suite de cette pression exercée contre ces pèlerinages. Voici pourtant ce qu'on a pu recueillir des communications faites par la Sainte Vierge: Comme toujours, l'auguste Mère de Dieu recommande la prière, de prier beaucoup pour la conversion des

pécheurs avares et pour les hommes sans foi;
de bien prier Notre Seigneur Jésus-Christ pour ces
conversions ; de bien prier aussi afin de se préparer par une bonne confession à faire digne-
ment la communion pascale. La Sainte Vierge a
dit aussi qu'il y aurait des maladies contagieuses
cette année, de grandes chaleurs, de la grêle
ainsi que du mauvais temps et des inondations,
qu'il se répandrait beaucoup de sang jusqu'en
1877, mais Georges n'en a pas indiqué le commencement, ainsi que pour des grandes afflictions concernant les récoltes dans bien des contrées.

LXI

Le 5 avril, fête de l'Annonciation, renvoyée
du 25 mars, Georges s'abstint d'aller sur la
montagne à cause de la persécution. mais quelques jours après s'y étant rendu pour travailler
à sa coupe (1), et étant allé au lieu de l'appari-

(1) Le plateau de la montagne de Diesse est occupé par un
bois taillis appartenant au hameau de Chatonnax et dont chaque habitant a droit à une part de coupe.

tion pour prier, la Très-Sainte Vierge lui apparut, mais on ne sait que peu de choses sur cette vision, n'ayant pu obtenir du Voyant que la répétition d'une partie de ce qu'il avait dit le 25 mars; il se pourrait pourtant que ce serait alors qu'elle lui aurait dit ces paroles le concernant particulièrement, et que l'on tient d'une personne de sa famille, venue de loin pour le voir : « *Laissez dire, laissez faire, pour vous, continuez votre mission* » Sans doute que ce digne vieillard lui aurait alors fait part de ses épreuves et que l'auguste Vierge lui aurait répondu par ce qu'il vient d'être dit.

⁎

Peu de jours avant la fête de l'Ascension, après de nouvelles obsessions pour l'empêcher de se rendre sur la montagne, il consentit, voulant ainsi faire acte de bonne volonté et de soumission dans la limite du possible, et promit de s'abstenir de s'y rendre pendant quelque temps. Il fut fidèle à sa parole à tel point que quelqu'un qui était allé le trouver lors de la fête de l'Ascension ne put obtenir de lui qu'il l'y accompagnât, afin

de prendre quelques plantes médicinales (1)
pour une proche parente qui lui en avait fait
demander : « J'ai promis de ne pas aller sur la
montagne, répondit le brave Georges, je veux
tenir ma promesse! » Il ne devait pas y aller de
longtemps, le pauvre vieillard, car quelques
jours après, ayant voulu monter de nouveau à
son grenier, malgré les observations qu'on lui
faisait, il tomba de nouveau, entraînant dans sa
chûte une planche sur laquelle il avait mis le
pied et qui lui cassa la jambe gauche ; on alla
chercher le médecin d'une commune voisine,
qui lui donna tous les soins que réclamait le
triste état où il se trouvait, et il demeura cloué
sur sa couche jusqu'à la fin du mois de juillet.
On lui enleva alors l'appareil qui enveloppait sa
jambe et il put marcher avec des béquilles.

Dans cet intervalle de temps il avait perdu sa
sœur, malade depuis longtemps, et qui mourut le
30 juin, laissant son pauvre frère inconsolable
de cette séparation, d'autant plus douloureuse

---

(1) C'était pour prendre des racines de Gentiane qui crois-
sent en abondance dans ces montagnes.

pour lui, qu'ils ne s'étaient jamais quittés; il avait
déjà perdu dans l'espace de quelques mois sa
digne et vertueuse femme et le vénérable pasteur de la paroisse, Monsieur l'abbé Humbert,
croyant convaincu par l'expérience de la vérité
de ces faits surnaturels. C'était maintenant une
sœur, compagne inséparable d'une vie rude et
pleine de labeurs; n'ayant jamais eu d'attache
aux choses matérielles, il avait concentré ses
affections dans ces êtres chéris, faits pour se
comprendre et s'aimer mutuellement; on le
transporta tout en larmes chez un parent où il
reste depuis lors.

LXII

Le 12 du mois d'août, le digne vieillard voyant
approcher la fête de l'Assomption, et voulant
sans doute essayer ses forces, se mit en devoir
de faire l'ascension de sa chère montagne ; malgré l'état de faiblesse où il devait encore se trouver par suite de son accident, il partit seul avec
l'aide de deux bâtons se confiant sans doute dans
la protection de la bonne Vierge pour faire ce

voyage; on le comprend, il devait avoir soif de consolations et qui pouvait mieux le consoler et donner quelques rayons d'espérance et de bonheur au pauvre vieillard, si ce n'est celle que l'Eglise appelle dans ses litanies la Consolatrice des affligés?

Il arriva sain et sauf au lieu de l'apparition, il y fit sa prière habituelle, mais néanmoins l'auguste Vierge ne se montra pas à son vénérable témoin ; elle avait choisi pour cela la veille de sa glorieuse Assomption. Il y monta donc de nouveau, deux jours après, mais cette fois plus souffrant par suite de la fatigue de sa première course; il avait peine à marcher, on lui fit alors observer qu'il serait sans doute prudent de ne pas aller plus loin. « Je prendrai mon temps, répondit-il, ah ! il y a bien assez longtemps que je le désire.»

Comme l'avant-veille, il arriva sans accident au but de son voyage, il s'y trouvait trois personnes du pays qui l'attendaient, ce fut d'ailleurs les seules qui vinrent; sur les onze heures on se mit en prières, l'une d'elles récita le Rosaire, il y en avait à peu près les deux tiers de dit, lorsque l'on

vit le Voyant se lever (il était assis sur un banc),
se mettre à genoux et baiser terre, on se trouvait
en la présence de la Sainte-Vierge ; on continua
à prier par la récitation des litanies, puis Georges demanda trois *Pater* et *Ave* pour les intentions des personnes présentes, puis un *Souvenez-
vous*, alors il se releva et offrit à l'auguste Mère
de Dieu les demandes écrites et entra en communication avec l'auguste Vierge pendant assez
longtemps ; on l'entendait parler sans pouvoir
saisir ce qu'il disait, si ce n'est ces mots: «Attendez! attendez encore! » A la fin, il dit: Ah! elle
nous quitte! en portant ses regards vers le ciel
dans la direction du levant; alors on se leva et, se
tournant vers l'assistance, il dit d'abord que les
demandes etaient acceptées moyennant des neu-
vaines et des prières, que la Sainte Vierge avait
également dit que s'il se faisait encore des conversions. c'était grâce aux pélerinages qui avaient
eu lieu dans (toute la France), et qui avaient aussi
abaissé le bras de son divin Fils ; mais encore il
faut faire beaucoup de prières pour la conversion
des grands pécheurs; il y aura encore diverses

maladies contagieuses et autres qui feront beaucoup de ravages dans toute l'Europe, principalement dans la Suisse à cause qu'elle a chassé ses
prêtres ; de beaucoup prier en France afin d'éviter les maladies, et enfin de ne pas oublier
Notre-Seigneur ; il y aura encore de grandes
inondations dans toute l'Europe, et de la grêle.

A cette apparition, la Sainte Vierge avait un
vêtement un peu couleur de deuil gris noir, elle
était accompagnée de Saint Joseph et de trois
anges.

Au retour, quelqu'un qui accompagnait Georges, lui demanda s'il avait parlé de ses diverses
épreuves à la Sainte Vierge, il se laissa aller à
dire qu'il lui en avait déjà parlé dans une des
apparitions qui avaient eu lieu dans sa maison
peu de temps après l'accident arrivé à sa jambe ;
que, couché sans pouvoir bouger, il la priait, lui
faisant part de ses peines ainsi que de sa position, et qu'elle lui était apparue pour le consoler,
lui disant d'accepter les croix et les épreuves que
Dieu nous envoyait.

D'après ce qui précéde, on voit que la Très-

Sainte Vierge a daigné apparaître deux fois à son vénérable serviteur dans sa pauvre habitation.

Nous disons deux fois, mais il se pourrait qu'elle soit venue le visiter plus souvent, car on tient de personnes dignes de foi qui étaient allées le visiter au commencement de juillet, qu'il leur aurait dit qu'il n'y avait pas longtemps qu'il l'avait vue.

LXIII

Le 8 septembre, la Très-Sainte Mère de Dieu se manifesta de nouveau à son Voyant, en présence de plusieurs personnes venues en pélerinage; nous ne donnerons pas de détails sur cette vision, ayant besoin pour cela de plus de renseignements; pourtant voici quelques communications faites par la Sainte Vierge à cette apparition:

Il y aura de grands évènements dans le courant du mois de mars, et le 25, fête de l'Annonciation, le Voyant pourra dire une partie de son secret. Il y aura encore de nouvelles inondations.

**
*

On a pu savoir que depuis lors la Sainte
Vierge lui était de nouveau apparue deux fois.
On ne sait rien de la première de ces apparitions, mais à la seconde, qui a eu lieu sur la fin du
mois de novembre, elle lui a encore parlé des
évènements qui doivent arriver dans le mois de
mars et annoncé de nouvelles inondations; elle
lui a dit aussi ces paroles : « *La foi s'en va de
ces pays,* » Il était seul à ces manifestations.

CONCLUSIONS

Pour conclusion de cette deuxième partie,
nous rappellerons une observation déjà faite dans
la première : Qu'il s'en faut de beaucoup que le
Voyant fasse connaître toutes les communications faites par l'auguste Vierge, d'autant plus
qu'elle lui apparait, comme on l'a déjà dit,
plutôt pour lui seul que pour nous, et que partant de ce principe, n'étant pas obligé de nous
faire part de ces mystérieux dialogues, il n'en
fait connaître que ce que la prudence lui permet
d'en dévoiler; mais que néanmoins, lorsque cette
divine Mère juge convenable de nous parler par

l'organe de son témoin, c'est moins pour nous
annoncer les évènements et les fléaux dont
nous sommes menacés, que pour nous indiquer
les moyens de les éviter, et qu'il s'en suit de cela
que la mission de Georges Carlod est principalement d'appeler les hommes à la prière ainsi
qu'à un sincère retour à Dieu par l'observation de
ses commandements; et, considérée à ce point
de vue, la mission du vénérable vieillard se
montre comme la continuation de celle des
bergers de la Salette, à qui la divine libératrice
avait dit ces mots: « *Si mon peuple ne veut pas se
soumettre, je suis forcée de laisser aller le bras de
mon Fils.* » Et nous rappellerons à ce sujet, ce
passage des communications faites le 14 août,
relatif aux grands pélerinages qui se sont opérés
en France dans ces derniers temps, et qui avaient
eu pour résultat, non-seulement d'opérer des
conversions, mais bien aussi d'abaisser le bras
de Notre-Seigneur, levé pour nous frapper; ceci
amène à penser que si ce qui a été annoncé ne
s'est pas encore réalisé, c'est uniquement parce
que Dieu, touché par ces grandes manifestations
de prières en quelque sorte publiques, en avait
retardé le redoutable accomplissement

FIN DE LA DEUXIÈME PARTIE

Lyon. imp. GALLET, rue de la Poulaillerie, 2.

PRÉCIS

DES

APPARITIONS DE LA SAINTE VIERGE

A GEORGES CARLOD

SUR UNE MONTAGNE DU BUGEY

Par un Pèlerin.

COMPLÉMENT

DE LA DEUXIÈME PARTIE

CONTENANT QUELQUES DÉTAILS SUR CES DIVINES MANIFESTATIONS
AINSI QUE SUR LA MISSION ET LA MORT DU VOYANT.

PRIX : 40 CENTIMES

LYON
L. GAUTHIER, LIBRAIRE
3, Rue Grenette, 3.

1876

PRÉCIS

DES

APPARITIONS DE LA SAINTE VIERGE

A GEORGES CARLOD

SUR UNE MONTAGNE DU BUGEY

Par un Pèlerin.

COMPLÉMENT

DE LA DEUXIÈME PARTIE

CONTENANT QUELQUES DÉTAILS SUR CES DIVINES MANIFESTATIONS

AINSI QUE SUR LA MISSION ET LA MORT DU VOYANT.

LYON

TYPOGRAPHIE ET LITHOGRAPHIE DE J. GALLET
2, Rue de la Poulaillerie, 2

1876

PRÉCIS

DES

APPARITIONS DE LA SAINTE VIERGE

A GEORGES CARLOD

SUR UNE MONTAGNE DU BUGEY

Par un Pèlerin.

COMPLÉMENT

DE LA DEUXIÈME PARTIE

CONTENANT QUELQUES DÉTAILS SUR CES DIVINES MANIFESTATIONS
AINSI QUE SUR LA MISSION ET LA MORT DU VOYANT.

Lyon, le 29 avril 1876.

En publiant dernièrement la deuxième partie des apparitions de la Sainte Vierge à Georges Carlod, nous étions loin de nous attendre à une fin si prochaine de ces divines manifestations, d'autant plus que nous espérions qu'elles se continueraient non-seulement jusqu'à la fête de l'Ascension, mais encore au-delà du terme des cinq années annoncées par Marie lors de la première ap-

parition (18 mai 1871), comme une époque
où il arriverait de grandes choses; mais un
bien douloureux évènement est venu dissi-
per cette espérance, car dans la nuit du 16
au 17 mars, Georges Carlod était pris d'une
indisposition subite, à la suite de laquelle il
rendait le dernier soupir dans la nuit du 28
au 29 du même mois.

La nouvelle de cette mort surprit tout le
monde; on s'y attendait d'autant moins que
chacun était persuadé qu'il ne mourrait pas
avant d'avoir achevé sa mission providen-
tielle, et que l'on considérait comme en faisant partie la communication secrète à laquelle on s'attendait pour le 25 mars.

Avant d'examiner quel degré d'influence
cette fin inattendue du voyant allait exercer
sur le fait des apparitions, et s'il fallait considérer ces dernières comme arrivées à leur
terme, il convient de reprendre la continuation du récit de ces faits surnaturels au point
où nous l'avons laissé à la fin de la deuxième
partie; il y a peu de choses à ajouter, il ne
reste pour ainsi dire qu'une seule apparition
à faire connaître, mais peut-être y trouvera-
t-on quelque indice capable de faire pressen-
tir la fin de ces divines manifestations.

LXIII, LXIV & LXV.

Nous nous étions arrêtés à l'apparition du 8 septembre 1875, que nous espérions donner de nouveau d'une manière plus étendue, après avoir interrogé le voyant; nous n'avons pu le faire comme nous l'aurions désiré. Voici pourtant quelques détails que nous avons pu recueillir d'autre part : La Sainte Vierge a annoncé qu'il y aurait encore des inondations (qui ne tardèrent pas de se réaliser dans ce même mois); que le commencement de l'année serait dur; de grands évènements pour le mois de mars; que le sang coulerait en abondance, mais le voyant n'a pas précisé l'époque; le 25, fête de l'Annonciation, il pourrait dire la moitié de son secret. Notre Bonne Mère a ajouté : « Que les pélerinages ont arrêté le bras de son Divin Fils. » A cette apparition, la Sainte Vierge était vêtue de blanc, tenant d'une main une croix et un scapulaire de l'autre, comme les autres fois; elle était accompagnée seulement de Saint Joseph, les anges n'y assistaient pas; il s'y trouvait à peu près dix-huit à vingt personnes.

*
* *

Le 8 décembre, Georges ne put se rendre
sur la montagne à cause du mauvais état de
sa santé et de la neige qui était tombée en
abondance ; lui ayant demandé si la Sainte
Vierge lui était apparue depuis le 8 septembre, le bon vieillard, sans doute pour nous
dédommager de n'avoir pu se rendre avec
nous au lieu de l'apparition, répondit qu'il
l'avait vue deux fois ; la première dans le
courant du mois d'octobre, comme il se rendait sur la montagne, et la Sainte Vierge lui
apparut dans le chemin, en un lieu appelé le
Vallon de Longeval, mais il ne dit rien autre
de cette vision; la seconde fois, c'était une
quinzaine de jours avant le 8 décembre, il
était également seul. Elle lui renouvela ce
qu'elle lui avait déjà annoncé le 8 septembre :
de grands évènements pour le mois de
mars, beaucoup de maladies, ainsi que des
inondations, lui recommandant comme toujours de beaucoup prier et de faire des neu-
vaines; elle lui dit aussi : *la foi s'en va de
ces pays!* Elle était accompagnée de Saint
Joseph et de trois anges.

Il n'y eut pas d'apparition à l'occasion de la fête de la Toussaint; Georges se rendit pourtant au lieu de l'apparition, le samedi 30 octobre, le 31 tombant un dimanche; plusieurs personnes s'y étaient rendues également, mais la Sainte Vierge ne se montra pas; — les années précédentes, il l'avait vue plusieurs fois pour les veilles des fêtes de Noël et de l'Epiphanie, ayant l'habitude de se rendre en Diesse à l'occasion de ces fêtes, mais comme alors il s'y rendait seul, il ne le faisait pas connaître à cause du peu de foi qu'il rencontrait dans le pays, et ce n'était qu'en le questionnant qu'on parvenait à le savoir. Lorsque nous le vîmes, le 25 mars, l'état de maladie où il se trouvait, et plus encore la surveillance qui s'exerçait autour de lui, nous empêcha de le questionner à ce sujet; et comme il était un peu sourd, cela nous obligeait à parler à haute voix.

LXVI.

Nous voici arrivés à l'apparition du 2 février

1876, qui est la dernière ; vingt à vingt-cinq personnes y assistaient. On récita le Rosaire ; arrivé à la septième ou huitième dizaine, le voyant signala le commencement de l'apparition. Notre Divine Mère était couverte d'un vêtement couleur gris noir, ayant la croix et le scapulaire ;— Elle recommanda la prière plus que jamais, et annonça qu'il y aurait encore des inondations,—de la grêle,—des incendies et des maladies contagieuses.

Elle nous a comparés au peuple d'Israël, comblé des biens du Seigneur, et qui pourtant fut ingrat ;— Elle a dit aussi qu'il y avait beaucoup de grâces préparées pour le pays, et qui ont été envoyées au loin dans la Savoie et le midi de la France ; — Qu'il y avait maintenant beaucoup de faux prophètes qui disent qu'il n'y a point de Dieu, mais qu'ils ne réussiront pas.

Georges, ensuite, se tournant vers l'assistance, dit avec une certaine émotion et en joignant les mains d'une manière très-expressive : « — Je vous ai dit tel qu'elle m'a dit ; à présent je fais comme Pilate, je m'en lave les mains !... »

Que faut-il conclure de ces dernières paroles ? si ce n'est : « Je vous ai transmis les avertissements qu'Elle m'avait chargé de vous faire passer; si vous n'en avez pas tenu compte, je ne puis être responsable des malheurs qui vont fondre sur vous! »

Ces paroles, ainsi que l'ensemble de cette dernière apparition, ne semblent-elles pas aussi annoncer en quelque sorte, à l'insu même du Voyant, le terme de sa mission, en même temps que celui de ces divines manifestations?

*
* *

D'ailleurs les épreuves qui accablaient de plus en plus le vénérable vieillard semblaient annoncer que le Seigneur ne tarderait pas à le retirer de ce monde ; il lui restait encore une sœur, qui habitait Lyon, qu'il désirait toujours aller voir, dans ces derniers temps surtout ; il savait qu'elle était souffrante, mais il ignorait que cette indisposition s'était compliquée d'un mal intérieur qui ne laissait pas d'espoir de guérison. En effet, elle mourut, le 26 février ; la nouvelle de cette mort à laquelle il ne s'attendait pas fut pour lui bien douloureuse, et on remarqua que depuis, il alla toujours en s'affaiblissant; il se trouvait donc dans une de ces situations pénibles qu'il faut avoir vues de près pour les bien

comprendre, d'autant plus que la perte de
cette sœur, qu'il affectionnait beaucoup, le
privait du seul appui qui lui restait. Aussi
voyait-il venir avec joie la fête de l'Annonciation, dans l'espoir d'une apparition, afin d'y
trouver un soulagement à ses douleurs, d'a-
près le témoignage d'une respectable personne du pays, qui lui donnait les consolations dont il avait besoin.

Le 16 mars, il alla faire une visite à des
parents qui résidaient dans une localité peu
éloignée; il ne paraissait pas plus fatigué qu'à
l'ordinaire, on lui fit prendre une légère
collation; il parait qu'à son retour, il s'assit
sur une pierre et entra en conversation avec
quelques personnes du voisinage. Aurait-il
pris froid, on ne sait; mais le lendemain il
était sous l'étreinte d'une forte fièvre survenue
dans la nuit et en plein délire, priant à
haute voix; on courut aussitôt prévenir
M. le Curé de Veyziat, qui ne put le con-
fesser, à cause de l'état mental où se trouvait
le malade; ce ne fut que le lundi suivant
qu'il put entendre sa confession, et il était si
mal que l'on ne pensait pas qu'il dût passer
la semaine; pourtant M. le Curé le trouva

mieux et ne pensa pas qu'il y eût urgence à lui administrer les derniers sacrements.

Comme on doit le penser, ce fut une épreuve bien douloureuse pour les pauvres pèlerins qui, ignorant le mal subit qui avait frappé Georges Carlod, s'étaient acheminés, le 25 mars, vers sa demeure, dans l'espérance de l'accompagner sur la montagne; là douleur qu'ils éprouvèrent en voyant l'état de souffrance dans lequel il se trouvait, était encore augmentée par la pensée d'être privés de l'apparition sur laquelle on avait compté pour ce jour-là; on se rendit néanmoins au lieu de l'apparition, on récita le chapelet, on fit quelques prières pour diverses intentions; le Voyant n'était pas là, il est vrai, on n'éprouvait pas ces impressions produites par ce sentiment de foi dans la présence de Marie; on n'était plus les témoins privilégiés de ces mystérieux dialogues entre l'auguste Reine des Cieux et ce pauvre vieillard si humble, priant, intercédant pour nous et plaidant notre cause dans cette sorte d'audience divine; on ne pouvait pas prier avec cette force spirituelle et cette foi produite par le sentiment que Marie était là présente, priant avec nous et pour nous; mais, malgré toutes

ces privations douloureuses, on sentait néanmoins qu'une grâce divine particulière est
attachée à ce lieu béni, sanctifié et consacré
par ces cinq années d'apparitions de la
Vierge immaculée, qui en a ainsi en quelque
sorte pris possession et qui, nous en avons la
confiance, daignera continuer d'y répandre
ses grâces et ses faveurs et d'exaucer les vœux
et les prières de ses serviteurs, ainsi que des
pauvres pêcheurs qui y viendront pour
implorer son appui auprès de son divin Fils.

*
* *

Au retour de la montagne, on se rendit
auprès du lit de Georges; un certain espoir
s'était glissé dens le cœur de plusieurs
pèlerins, on se rappelait l'apparition du 2 février de l'année dernière qui eût lieu dans
l'humble demeure du vénérable vieillard;
mais la maison où il s'était retiré (1), n'était

(1) Le 30 juin dernier, lors de la mort d'une sœur qui habitait avec lui, comme il était encore alité par suite de la frac-
ture qu'il s'était faite à la jambe, on l'avait transporté chez des
parents auxquels il avait donné les quelques coins de terre
qu'il possédait et qui avaient reçu en outre le montant du
prix de vente de sa maison; il y est resté jusqu'à sa mort.

plus celle que Marie avait daigné honorer de
sa présence, ce n'était plus celle du Voyant.
La sainte Vierge ne s'était pas montrée; il se
trouvait près de lui plusieurs personnes qui
étaient venues prier, également dans l'espérance d'une apparition.

Dans l'après-dîner, on alla le voir, mais les
visites qu'il avait eues dans la matinée ainsi
que les prières faites auprès de lui, en union
avec les pèlerins, et auxquelles il avait voulu
s'unir, l'avaient accablé; il était sous l'empire
d'un sommeil fiévreux, on ne put lui parler;
ce ne fut que le lendemain, à notre départ
pour Veyziat, qu'étant retournés pour lui
faire nos adieux, nous le trouvâmes beaucoup mieux; lui ayant parlé de la partie de
son secret qu'il devait faire connaître la veille,
il répondit: « Vous avez vu que je n'ai pas
pu le dire; je le dirais, si je ne suis pas mort,
sitôt que je pourrai d'ici à l'Ascension. »
Nous aurions bien voulu pouvoir l'interroger
davantage, mais la surveillance exercée près
de nous par les personnes de la maison nous
gênait, nous dûmes renvoyer nos questions
à plus tard, nous persuadant qu'il ne mourrait pas avant d'avoir fait connaître la com-

munication qu'il n'avait pu dire le 25; ne pouvant pas nous faire à la pensée d'une mort si prochaine, nous disant que sa mission n'était pas encore terminée, nous l'embrassâmes en lui disant au revoir. Hélas, c'était pour la dernière fois!

Ce même jour, des personnes qui étaient venues pour le voir lui proposèrent de dire à M. le curé de lui apporter le Saint-Viatique; il accepta cette offre avec bonheur. M. le curé étant retenu à Veyziat le lundi, ce ne fut que le surlendemain, qui se trouvait le 28, qu'il vint lui administrer les derniers sacrements. On dit qu'avant d'entendre la confession du voyant, il lui aurait demandé s'il assurait toujours d'avoir vu la Sainte Vierge, et que ce dernier lui aurait répondu : « M. le curé, ce que j'ai dit est bien dit. » Quoiqu'il en soit, il est tout naturel de penser que M. le Curé de Veyziat a dû lui poser cette question, d'autant plus qu'il s'était toujours montré hostile à la croyance à ces divines manifestations; son devoir de confesseur lui en imposait d'ailleurs l'obligation. Georges ne pouvait donc qu'affirmer de nouveau l'entière sincérité des apparitions dont la Très-

Sainte Vierge l'avait favorisé, car s'il en avait
été autrement, qu'il se fût rétracté ou bien qu'il
eût fait des aveux capables de porter préjudice
au fait des apparitions, il n'y a pas à douter
que son confesseur ne l'eût obligé à faire des
aveux, ou plutôt une rétractation devant témoins avant de lui donner l'absolution ; mais
la réception des derniers sacrements, effec-
tuée dans toute sa plénitude par le voyant,
témoigne assez hautement de la sincérité de
ses affirmations.

On a peu de détails sur sa mort, qui arriva
dans la nuit suivante, et il est malheureu-
sement plus que probable qu'il n'y avait personne auprès de lui pour le veiller ; car on
le trouva mort, la tête penchée de côté et ap-
puyée sur une de ses mains ; cette pose indi-
querait assez, ce semble, que le bon vieillard
a rendu le dernier soupir dans le calme et
la paix, et que s'il fut abandonné des créatures, la miséricorde divine l'aura sans doute
assisté à ce moment suprême ; il paraîtrait
d'ailleurs qu'il a eu peu ou peut-être point
d'agonie, et qu'il se sera éteint comme une
lampe, de faiblesse et d'épuisement ; des personnes de la maison ont dit pourtant l'avoir

entendu dans la nuit. Etait-ce une plainte, un appel suprême? Celle qui était venu le consoler sur son lit de douleur, le mois de mai dernier, celui qu'elle avait chargé de la pénible et épineuse mission de nous faire passer ses salutaires avertissements et qui en avait accepté toutes les conséquences, c'est-à-dire toutes les humiliations et les contradictions qu'elle allait lui attirer, cette Bonne Mère, qui s'était montrée si souvent à son vénérable serviteur, serait-elle venue de nouveau le visiter?...

Il parait d'ailleurs que les soins ont manqué au bon vieillard dans cette dernière maladie, car ne voyant pas venir de médecin, il voulait, ou plutôt il aurait bien voulu pouvoir aller consulter celui d'Oyonnax, mais son état de faiblesse et de souffrance ne le lui permit pas (1.)

_____

(1) Il s'était produit une objection au sujet de la mission de Georges Carlod, lui assurant en quelque sorte plusieurs années de vie, ce que l'on considérait comme contraire à l'enseignement de l'Eglise, la mort du Voyant arrivant alors qu'il paraissait croire que sa mission n'était pas terminée, ce qui provient sans doute d'un manque de mémoire ou de réflexion de sa part, comme on le voit d'ailleurs plus loin à la page 19, ne démontre-t-elle pas que ceux qui sont chargés d'une mission divine, doivent comme tous se tenir toujours prêt ?

La nouvelle de la mort de Georges Carlod
se répandant dans le moment où on attendait
des détails de l'apparition sur laquelle on
comptait pour le 25 mars, ne pouvait moins
faire que d'impressionner les personnes qui
s'étaient attachées à ces faits surnaturels, alors
surtout que l'intérêt que l'on y portait était
augmenté par le désir de connaître le contenu de la communication secrète que Georges devait divulguer à cette date ; mais
pour ceux qui avaient connu le voyant dans
son intimité, qui l'avaient vu de près, l'é-
preuve fut surtout douloureuse, car on s'é-
tait attaché à ce vénérable vieillard, que
l'on aimait comme un père, ainsi qu'à ces
chères apparitions dont le cours se trouvait ainsi rompu d'une manière si inattendue,
et auxquelles on s'était en quelque sorte
comme identifié ; car, malgré soi, la pensée
se portait vers cette montagne bénie, sur ce
nouveau Thabor, où l'on ne voyait, il est
vrai, que des yeux de la foi.

Sur le premier moment, il semblait que

cette mort allait pour ainsi dire comme frapper au cœur le fait des apparitions, et qu'en en interrompant le cours, elle en détruirait l'effet et la foi dans les âmes croyantes, d'autant plus que, comme nous l'avons dit déjà, la mission de Georges Carlod ne paraissait pas devoir être arrivée à son terme; considérant, en outre, la communication secrète qu'il devait faire connaître le 25 mars comme en faisant partie, il convient donc de bien examiner quelle influence cette mort pouvait avoir sur ces divines manifestations; quelles conséquences il pouvait en résulter, et quelle pouvait être sa mission ainsi que sa durée.

D'abord, quelle était cette mission confiée par l'auguste Mère de Dieu à Georges Carlod? si ce n'est cet appel incessant à la prière et à un sincère retour à Dieu, afin d'éviter les chatiments dont la France est menacée? Pour ce qui est de sa durée, elle paraît fixée d'une manière claire et précise par ce passage des paroles adressées par la Sainte Vierge à son témoin, lors de l'apparition du

25 février 1873 : « *Votre mission n'est pas encore terminée, je vous reverrai encore pendant trois ans.* »

Cette durée de trois années annoncée par Marie comme devant être celle de la continuation de ses apparitions, peut fort bien s'appliquer également à la mission de Georges : le texte même des paroles de l'auguste Vierge semble l'indiquer, car elle paraît en établir la durée comme une conséquence de ses apparitions.

On le voit, cette durée de trois années fixée par Marie comme devant d'abord être celle de ses manifestations visibles sur cette montagne de Diesse, ainsi que celle de la mission du voyant, s'est exactement réalisée ; ainsi l'apparition du 2 février 1876 doit donc être considérée logiquement comme terminant ces divines manifestations commencées le 18 mai, jour de l'Ascension 1871.

A présent, pour ce qui est de la partie de son secret qu'il devait publier le 25 mars, on sait de source certaine qu'elle ne concerne que quelques personnes ayant attaqué le fait des apparitions, et qu'avant sa dernière maladie, il en avait parlé à plusieurs personnes ayant sa confiance ; disons aussi qu'elle ne paraît pas de nature à être dite publiquement. Du reste, du moment que Georges pouvait dire cette première communication, le 25 mars, il ne devait y avoir aucun inconvénient à ce qu'il la fasse connaître le 28 à M. le Curé de Veyziat ; l'on sait d'ailleurs que son confesseur l'a interrogé sur ce sujet en dehors de la confession, et l'on est en droit de considérer comme certain que Georges lui en a donné connaissance, et qu'alors il a dû en faire part aux personnes qui y étaient intéressées.

Cela posé, examinons si ce secret doit être considéré comme faisant partie de sa mission : Nous ne le pensons pas, parce que, de même que l'effet ne va pas avant la cause, de même aussi la cause de ce secret, c'est-à-dire les attaques contre le fait des apparitions, et par conséquent aussi contre cette même mission, ne s'étant pas encore produite, la Sainte Vierge ne pouvait pas se prononcer sur des faits qui n'existaient pas encore ; d'ailleurs, ce n'est qu'à la troisième apparition, qui eut lieu le 8 septembre, que ce secret lui fut donné.

Quant à la deuxième partie qu'il devait dire pour la fête de l'Ascension, on est en droit de la considérer comme de la même nature que la première, par la raison bien naturelle que ces deux communications ne sont que les deux parties de celle communiquée le 8 septembre 1871.

Nous ferons observer d'ailleurs qu'il avait dit, dès le principe, que s'il se voyait près de mourir avant l'époque fixée pour cette publication, qu'il l'enverrait à son évêque dans une lettre cachetée; dans tous les cas, il ne doit pas y avoir doute qu'il n'ait trouvé le moyen de la faire parvenir à sa destination avant sa mort, si toutefois il ne l'avait déjà fait avant sa maladie. On sait d'ailleurs que M. le Curé de Veyziat a écrit à Mgr l'Evêque de Belley, le lendemain de la mort de Georges Carlod, afin de la lui annoncer.

*
* *

Lorsque la Sainte Vierge annonça à Georges Carlod, lors de la première apparition, qu'avant cinq ans il arriverait de grandes choses; elle lui recommanda en même temps de prier et beaucoup prier; cette demande réitérée de prières qu'elle n'a cessé de redire depuis dans toutes ses apparitions, ne signifie-t-elle pas que ces grandes choses seraient bonnes ou mauvaises, qu'elles renfermeraient le pardon définitif ou bien des châtiments selon que l'on aurait accompli ses salutaires recommandations?

Cette parole de salut d'ailleurs n'est-elle pas la même que celle apportée du ciel par cette divine protectrice, il y a maintenant trente ans, sur la montagne de la Salette, et que depuis elle a fait entendre successivement à Lourdes, à Pont-Main, ainsi que dans d'autres lieux, et qu'elle est venue redire de nouveau sur cette montagne inconnue du Bugey, apparaissant ainsi aux quatre coins de la France, comme elle le disait elle-même dans une apparition?

Si cette parole de réconciliation avait été écoutée, si on avait mis en pratique ces salutaires avis, Dieu, dans sa miséricordieuse bonté, aurait pu nous accorder des assemblées religieuses et régénératrices; mais l'on est resté sourd à ces avertissements successifs, on s'est appliqué à étouffer cet appel réitéré à la prière; on a couvert de moqueries et d'injures ceux qui avaient été choisis pour

nous faire passer ces divines recommandations et ces cinq années que l'on peut
bien considérer comme des années de grâce
et de miséricorde, comme une sorte de
sursis, sont arrivées à leur fin sans que l'on
se soit amendé, et sans que l'on aie mérité,
par un sincère retour à Dieu et par la prière,
le pardon qui nous était offert par l'entremise de Marie ; et on est arrivé ainsi au
terme qu'elle avait indiqué le 18 mai 1871,
comme une époque où il arriverait de
grandes choses, qui sont, sans nul doute,
ces grands événements annoncés le 8 septembre 1875, ainsi que dans le mois de
novembre suivant, en indiquant cette fois le
mois de mars pour date.

Mais ces grandes choses, ces grands événements, que sont-ils ? si ce n'est l'avènement
dans ce même mois de mars de ces nouveaux
pouvoirs dont les éléments qui les composent
et qui y dominent, ainsi que les mandats
acceptés disent assez haut, sans qu'il soit
nécessaire de le démontrer, qu'à ce temps
de miséricorde va succéder celui de l'épreuve.

Il n'est pas difficile d'ailleurs de découvrir
les événements annoncés par le Voyant, non-

seulement dans la réunion des nouvelles
assemblées que l'on peut bien considérer
comme un des événements les plus graves
de notre temps, mais encore dans ceux que
l'on y découvre sans beaucoup de peine et à
l'état de germe; d'autant plus que les prophéties ont ordinairement un sens caché, et
que l'on ne les comprend bien que lorsqu'elles
se sont accomplies.

* *

Ces quelques réflexions sur les événements
annoncés dans les apparitions du 18 mai
1871 et du 8 septembre 1875, et sur leur
réalisation, montrant également ces cinq
années comme une sorte de temps d'arrêt
arrivé à son terme, témoignent une fois de
plus que la mission de Georges Carlod était
accomplie, et qu'elle n'aurait plus eu de
raison d'être en se continuant plus longtemps.

Il aurait sans doute bien voulu pouvoir
publier son secret dans son entier pour la
fête de l'Ascension : le désir qu'il avait de
consulter le médecin d'Oyonnax, afin de se

rétablir, le prouverait assez, mais la divine Providence en avait jugé autrement; du reste, comme nous l'avons déjà fait observer relativement à la publication de la première partie, ce secret ne paraissait pas être de nature à pouvoir être divulgué.

D'ailleurs, le digne vieillard devait être mûr pour le ciel qui, dans ces deux dernières années surtout, avait pour ainsi dire hâté la maturité de cette existence par une suite de douloureuses épreuves; dans la situation pénible où il se trouvait, ayant vu le vide se faire autour de lui par la perte de tous ses proches, il n'aurait pu avoir qu'une existence bien triste; espérons qu'en le rappelant à lui Dieu lui aura accordé la grâce de revoir au ciel celle qui était sa joie et sa consolation sur la terre.

La croyance aux divines manifestations dont nous achevons la publication, reposant sur le témoignage de celui que Marie avait choisi pour nous faire passer ces salutaires recommandations, il est convenable ou plutôt nécessaire d'examiner quels sont les motifs qui nous portent à ajouter foi à la parole de

Georges Carlod, lesquels n'ont pu trouver place dans la deuxième partie comme nous le désirions, le temps nous ayant manqué pour cela. Ces réflexions se rapportent à trois points principaux : la sincérité du Voyant, s'il jouit de la plénitude de sa raison, et en troisième lieu, s'il n'aurait pas été sous l'influence du démon qui se serait servi de sa personne pour nous induire en erreur : car si nous ne nous trompons, c'est à ces trois questions que doivent se rapporter toutes les objections qui se produisent ordinairement contre ceux qui sont choisis par la divine Providence pour nous transmettre ces avertissements divins, lorsque le ciel juge convenable d'en agir ainsi envers nous.

*
**

Disons d'abord qu'il passa la première partie de sa vie dans l'emploi de berger : il allait le matin avec une de ses sœurs qui a toujours vécu avec lui, réunir les moutons de l'endroit et les ramenait le soir ; plus tard l'adjoint de Chatonnax lui procura la place de Garde de la commune de Veyziat, fonction qu'il exerça pendant quarante ans, jusqu'au commencement des apparitions, car il demanda alors sa démission qui ne lui fut accordée que quelques mois plus tard (1).

A présent pour répondre à la question de sincérité, nous dirons que ces quarante années d'exercices dans cet emploi furent accomplies de la manière la plus intègre et la plus désintéressée (2) et cela de l'aveu de tout le pays; disons aussi qu'ayant toujours vécu loin des grands centres, il n'avait jamais eu à sa disposition les moyens de s'instruire et d'agrandir ses connaissances. Tout ce qu'il avait appris consistait en quelques leçons de lecture et un peu d'écriture et de calcul, et tous ses livres se réduisaient à deux : son livre de prières et une vieille bible de Royaumont (dans laquelle il se plaisait à lire comme il le disait : l'histoire des patriarches); avec cela une certaine timidité qui lui était naturelle. Toutes ces raisons sont bien faites pour que l'on puisse considérer

---

(1) Disons en passant que ces chefs l'estimaient beaucoup, le considérant d'ailleurs comme incapable d'imposture et d'aucune supercherie vis-à-vis les apparitions.

(2) C'était d'ailleurs une grande peine pour lui d'être obligé de faire dresser des procès-verbaux, et il employait tous les moyens possible pour s'en exempter.

sa probité et sa réputation au-dessus de
toute atteinte. Ses adversaires eux-mêmes
le reconnaissaient; c'est un brave homme, di-
saient-ils, mais il a la tête fêlée; d'autres moins
polis, disaient qu'il était fou; on est ainsi
fait, que l'on veut avoir le dernier mot de
toutes choses, et que, n'ayant pas assez de
foi pour croire à ces apparitions, on ne trouve
rien de mieux pour se tirer d'affaires que de
l'accuser de folie.

* *
* *

Mais il ne suffit pas de dire d'un homme
qu'il est fou, encore faut il le prouver; et
depuis quatre ans que nous avons connaissance de ces faits surnaturels, que nous avons
été à même de connaître Georges Carlod,
ayant toujours cherché à connaître la vérité, le pour et le contre, nous pouvons
affirmer que nous n'en avons jamais trouvé
la moindre trace, si ce n'est celle de croire
à ces divines manifestations, folie qui, à notre
point de vue, est la même que celle que les
payens lançaient contre les premiers chrétiens, et qu'on lance encore de nos jours con-

tre ceux, qui croient à l'Evangile ainsi qu'à tous les faits surnaturels pour lesquels l'Eglise n'a pas imposé l'obligation de croire.

Au reste, nous attendons que l'on veuille donner de la folie du voyant d'autres preuves plus visibles, plus réelles que celles qui viennent d'être citées, ne doutant pas d'ailleurs de l'empressement que l'on mettrait à les faire connaître s'il en existait.

*
* *

Il reste à examiner la question de l'action satanique dans les faits qui se sont accomplis en Diesse, et partant sur la personne de Georges Carlod; et à ce sujet on peut bien dire qu'il n'y a peut être pas un seul fait surnaturel de notre époque, où l'on ait voulu voir l'action diabolique; il est donc très-naturel qu'il en ait été de même dans ceux qui nous occupent, et où les faits miraculeux, tels que les guérisons obtenues, sont bien moins nombreux que dans bien d'autres lieux favorisés de ce genre, tels que la Salette et Lourdes. Néanmoins ce ne serait pas une raison pour accuser de diaboliques ces faits surnaturels sans apporter en même temps la moindre preuve à l'appui de cette accusation, et nous n'avons aucune connaissance qu'aucun fait de ce genre se soit produit.

On a peine à croire d'ailleurs, que le démon ait pu garder si longtemps aux regards du Voyant l'apparence de la Vierge Immaculée ; l'imitant dans son onction divine et dans son ineffable douceur, dans ses exhortations remplies de sagesse et de l'esprit de l'Evangile, dans cette demande incessante de prières, assister tranquillement à toutes ces récitations de rosaires et autres prières ? Cette croix surtout qu'elle tenait dans sa main et avec laquelle elle bénissait en faisant le signe de la croix ? Est-il donc admissible que le démon auraient eu le pouvoir de le faire également, et qu'il aurait ainsi travaillé pendant l'espace de ces cinq années, à la ruine de son empire, et dans toutes les paroles apportées par le Voyant qu'il ne s'y serait pas glissé quelques mots qui auraient pu servir à le faire reconnaître, à le démasquer ? et disons-le, que les cornes ou les pieds fourchus du démon n'auraient pas transpercés l'enveloppe lumineuse dont il se serait enveloppé, d'autant plus qu'il est dit, quelque part, que

Dieu ne permet pas que la transformation de satan en ange de lumière se produise jamais d'une manière complète.

Mais, comme nous l'avons déjà dit, on veut voir du diabolisme partout ; s'agit il des stigmatisées d'Oria, de Bois-d'Haine (1) de Fontet ? Diabolique. Parle-t-on d'apparitions et de n'importe quel fait surnaturel se manifestant, soit en France ou à l'étranger ? Diabolique et toujours diabolique ! Mais vraiment la puissance de l'esprit de ténèbres est donc bien grande pour quelle puisse ainsi impunément se revêtir de la ressemblance et du langage divin, si suave et si doux de l'auguste Mère de Dieu ! et surtout de pouvoir produire de pareilles transformations dans un si long espace de temps ? il est donc libre de venir quand il veut et à époques fixées d'avance ? car on n'a pas connaissance que ces apparitions de la montagne de Diesse aient manqué une seule fois pour les jours annoncés d'avance par le Voyant, ainsi qu'aux

---

(1) Il paraît pourtant que Louise Lateaux, la stigmatisée de Bois-d'Haine, commence à trouver grâce aux yeux des adversaires du surnaturel, car dans ces derniers temps, plusieurs feuilles religieuses en ont parlé d'une manière favorable.

veilles de fêtes, et les jours de fêtes non chômées, c'est vraiment incroyable. Si ces apparitions étaient réellement l'œuvre du démon,
l'esprit satanique aurait du s'y montrer, car
l'esprit du mal ne doit pouvoir moins faire que
de produire le mal et d'être une cause de troubles, de désordres et d'erreurs : il n'aurait pas
manqué de porter le Voyant à l'orgueil et à
l'éloignement de la pratique des vertus chré-
tiennes ; rien de tout cela n'a eu lieu, soit du
côté des croyants non plus que du côté du
Voyant, chez lequel l'esprit de douceur, d'humilité et de patience, bien loin de diminuer,
avait au contraire paru s'augmenter à mesure
que croissaient ses épreuves.

Qu'il nous soit permis en finissant de dire
que, si l'esprit satanique c'est montré quelque
part au sujet de ces faits surnaturels, ce n'est
pas de ce côté qu'il faut le chercher, mais bien
plutôt parmi ceux qui ont voulu empêcher la
parole de salut que Marie était venue faire entendre sur cette Montagne bénie, de produire
son effet, ainsi que cette effusion de prières
qu'elle n'avait cessé de demander.

Nous aurions voulu pouvoir faire suivre ce que nous venons de dire relativement à Georges Carlod, considéré comme principal témoin de ces divines manifestations, d'un chapitre spécial sur d'autres témoignages attestant également mais d'une manière visible la vérité de ces apparitions; nous voulons parler des grâces et des guérisons obtenues par l'intercession de la Sainte Vierge invoquée sur cette Montagne de Diesse, mais dans un pareil travail il serait nécessaire de faire suivre ces guérisons de certificats, en attestant l'authenticité et nous ne sommes pas à même de nous les procurer; du vivant de l'ancien curé défunt, de Veyziat, il n'en aurait pas été ainsi; mais aujourd'hui, nous n'avons plus à notre disposition ce vénérable pasteur, croyant convaincu de ces faits surnaturels, qui communiquait avec bienveillance aux pèlerins les documents qui lui étaient envoyés par les personnes favorisées; il nous avait donné connaissance d'une lettre d'un médecin qui avait soigné une personne des environs de Chêne-Bourg, près Genève, qui était atteinte d'un cancer, et dont il est fait mention dans la première partie (1),

---

(1) Première partie, page 29.

laquelle était à la veille de subir une opération; sa fille qui assistait à l'apparition du jour de l'Ascension 1872, y pria pour sa mère, selon la recommandation de sa maîtresse qu'elle avait accompagnée, et à leur retour, elles avaient appris que la malade avait été guérie radicalement le jour de la fête : cette guérison qu'il est impossible de nier, suffirait à elle seule, pour attester ou plutôt pour prouver la vérité des apparitions. Il est également parlé dans la première partie, de plusieurs autres guérisons, dont les personnes qui en avaient été favorisées n'avait pas craint alors de donner connaissance, et dont quelques-unes s'étaient opérées en Savoie ; on écrivit afin de demander des certificats d'attestations de guérisons, mais ces demandes restèrent sans réponses. D'ailleurs M. l'abbé Humbert n'était plus là, pour protéger le fait des apparitions, et la persécution était à l'œuvre.

Du reste nous pouvons affirmer que nous avons à notre disposition des lettres, attestant de la manière la plus formelle, la certitude de ces guérisons.

Il n'y a pas à douter d'ailleurs que depuis lors bien d'autres grâces n'aient été obtenues;

ce qui le prouve, c'est cette plainte formulée par l'auguste Vierge, dans l'apparition de la veille de l'Assomption 1874: *il y a eu*, avait dit cette bonne Mère à Georges Carlod, *il y a eu des guérisons qui ne sont pas déclarées; il semble que l'on a honte de les déclarer, et cependant, je n'ai pas honte de les faire.*

Espérons que ces favorisés de Marie ne voudront pas rester sous le coup de ce reproche, et qu'il s'empresseront de donner satisfaction au désir de leur Divine Protectrice.

———

Si toutefois des personnes désiraient nous faire connaître des grâces et des faveurs accordées par la Sainte Vierge, invoquée sur la Montagne de Diesse, ainsi que par l'usage de l'herbe cueillie sur les lieux de l'apparition, elles pourraient nous faire parvenir leur attestation en écrivant à la librairie L. GAUTHIER, Lyon, rue Grenette, 3, ou à M. Mathieu ESTEZAY, à l'adresse des sœurs St-Vincent de Paul, même ville, avenue du Doyenné, 8.

Nota. — Avoir soin d'affranchir les lettres.

LYON. IMPRIMERIE GALLET, RUE DE LA POULAILLERIE, 2.

On peut se procurer la première et la deuxième partie des Apparitions de la Sainte-Vierge à la librairie L. Gauthier, rue Grenette, 3.

Première partie, Prix : 60 centimes.

Deuxième partie, Prix : 75 centimes.

Par la poste, 10 cent. en sus.

www.ingramcontent.com/pod-product-compliance
Lightning Source LLC
Chambersburg PA
CBHW070859030726
47504CB00005B/1401